Yo, Helíaca

La odisea de un águila imperial

Iñigo Javaloyes

Yo, Helíaca: la odisea de un águila imperial
por Iñigo Javaloyes
Ilustración de portada de Edelmira Javaloyes Berenguer
Diseño de cubierta, Antón Javaloyes
Edición, Julio Luengo
Maquetación, Concha Pascual

Créditos de imágenes: *King, Simon*: pág. 55; *Mata Wellington, Nora:* pág. 69; *Rubio Casado, Jorge*: págs. 13, 16, 18, 22, 24, 27, 31, 35, 38, 39, 43, 46, 49, 52, 61, 65, 73, 77, 92, 100, 107, 113, 117, 121, 128, 130, 138, 142, 148, 151, 158, 162, 168, 173, 177; webcam de SEO/BirdLife en el Parque Nacional de Cabañeros, programa Alzando el Vuelo: pág. 180

a J.L.S.

NOTA DEL AUTOR

John y yo bajamos del viejo opel corsa verde al fondo de un camino que terminaba en la valla de piedra del Monte del Pardo. Jara había estado mirando por la ventana durante todo el viaje, buscando movimiento entre las trochas. Al bajar del coche, me miraba a mí. Yo le acariciaba el buche inflado como una pelota. Por la mañana se había comido una pata de pavo entera y los días anteriores le había cebado carne de gallina.

La sombra de los chopos apenas aliviaba el calor. Yo iba delante, con el azor en el puño; John, dos pasos por detrás. Quité al azor las pihuelas, nuestro nexo físico, y lo arrojé a la enramada. Jara remontó y se posó muy alto en un chopo; sacudió la cola, me miró y cuando me di la vuelta voló hacia mí. Saqué el puño justo a tiempo y lo agarró con furia. Me miró de nuevo ("¡Mírame!"). Volví a arrojarla de nuevo hacia la arboleda y mientras ascendía hacia otra atalaya, John y yo corrimos al coche. ¡Adiós Jara! ¡Adiós España!

Median treinta años entre esta primera edición de *Yo, Helíaca* y aquel adiós a mi patria y a Jara, un azor robado de su nido que yo devolví a la Naturaleza. Hoy, con el manuscrito ya maquetado y a falta de encajar los detalles finales del libro, pienso que quizá Helíaca tenga que ver con aquello que con el tiempo he ido perdiendo o se ha ido tornando remoto: con las vibraciones del pasado. Es por tanto, un ejercicio de memoria emocional expresado en forma de conjetura y de respuesta al eterno *¿quién soy?*: "¿Yo? ¡Helíaca!".

"¿Pero cómo es posible?", me pregunto. "No eres un águila, eres un hombre". Y me respondo, "sí, pero yo, Helíaca". Entiendo que esto pueda empezar a parecer un diálogo de besugos o de locos. No importa, insisto: "eres el narrador, estás fuera de la obra y es Helíaca la que te informa a ti de quién es a través de sus actos". La predecible respuesta no se hace esperar: "De acuerdo, pero yo, Helíaca".

Esta transmutación no es una mera técnica literaria; es fruto también de la fecunda cópula de las miradas entre especies dispares: el humus sobre el que germina y crece esta biografía panorámica de un águila hermosa y arisca que huye de todo lo humano.

A ti también, lector, te presienten las aves, al otro lado de la página, con tus grandes ojos camuflados entre una hojarasca de letras.

IÑIGO JAVALOYES

NOTA DEL EDITOR

Entre pecho y espalda, una montaña antigua y maestra que le sale por los ojos con los que escribe, línea a línea, historias entre dos mundos que son dos aguas. Por todas partes.

Que sabe cómo se expresa la vida, en su día y en su noche, lo saben esos ruiseñores que todo lo cantan, y los *ogralíbares*, que todo lo mientan… y así nació *Yo, Helíaca*, mil veces anidada y mil veces acontecida.

La amistad con la palabra le viene de su padre, aunque es la sangre de su madre, Lola, la que dicta correspondencias y que tiene esa nostalgia de las cosas sencillas y duraderas. Eternas. Como la tierra.

YO, HELÍACA
LA ODISEA DE UN ÁGUILA IMPERIAL

I
HUEVO GRANDE, HUEVO PEQUEÑO

La vida dentro de un huevo es terriblemente aburrida. Helíaca se pasa el día a oscuras. Y cuando Madre se levanta del nido, lo único que ve es una penumbra rosada. A veces oye cosas, eso sí. Sobre todo las discusiones de sus padres, siempre preocupados por algo: que si hubiera sido mejor construir el nido al otro lado de la sierra; que si el año que viene emigramos a Portugal; que qué pasa con los conejos...

«¿Al otro lado de la sierra?»

«¿Emigrar?»

«¿Conejos?»

Helíaca no entiende nada. Sólo sabe que ellos están fuera y ella dentro, donde no tiene necesidad de saber todas esas cosas.

La situación acaba siendo insostenible: tiene la cabeza entre las patas, el pico en el trasero y una uña de la garra derecha en el oído izquierdo. Intenta cambiar de posición y casi se estrangula a sí misma.

«*Krrrr*»

La voz áspera de su madre parece hablarle a ella por primera vez.

«¿*Krrrr*?»

—Sí, Helíaca, el diente. Lo tienes encima del pico y sirve para romper el huevo.

Da un picotazo a la cáscara. Nada.

—Dale más fuerte, sin miedo.

Helíaca golpea de nuevo y, a la segunda, nota que el pico se hunde en la membrana.

—Más fuerte...

¿Cómo quiere que le dé más fuerte? No hay espacio para darse impulso.

«A ver así».

Helíaca empieza a rascar con el pico con un movimiento vertical, como si asintiera con la cabeza a todas las aventuras que se avecinan al otro lado de la fina película que la separa del mundo. De pronto, un chasquido.

—Vamos —dice Madre—. Ahora en círculo.

—No —murmura asustada.

—No seas tonta. Aquí afuera hay un huevo más grande.

—¿Cómo de grande?

—Enorme.

—¿Pero cómo que un huevo?

—Sí, una esfera; azul si miras hacia arriba, parda si miras abajo. Está llena de un agua de colores fríos y calientes llamada aire que no moja y sirve para volar.

Arriba, abajo, azul, pardo, aire, agua...

Los mayores no se enteran de que a los pequeños no se

les puede hablar de cualquier manera y sin darles tiempo siquiera a preguntar. Helíaca empieza por el final.

—¿Qué es volar?

—Volar es un don, pero para descubrirlo tienes que pasar del huevo pequeño al huevo grande.

Helíaca no está convencida de que vivir en un huevo tan grande sea bueno y le da vértigo sólo de pensar en romper su acogedora casa; pero la vida nunca da marcha atrás.

—Vamos, vamos —dice su madre desde dentro de aquel famoso huevo grande al que Helíaca se dispone a salir.

—Bueno.

Madre levanta una esquirla de cascarón y la pequeña águila ve formarse una raya plateada sobre su pequeño y cálido universo. Aprieta los ojos, pero una luz de fuego le atraviesa los párpados. Respira por primera vez el olor pungente de las jaras, del tomillo, del cantueso. El aire de la dehesa le parece un gas ácido y mortífero; nada que ver con el aroma prenatal de su refugio embrionario.

—Venga, sigue tú.

—¡No! ¡Tapa el agujero!

—¡A la luz, Helíaca! ¡Vamos!

Helíaca sale empapada y aturdida. Madre ahueca las plumas y roza a la aguilita con sus tarsos mientras se echa lentamente sobre ella hasta cubrirla por completo.

—Ya está —dice envolviéndola en su cálido plumón.

Nadie supo que Helíaca lloró cuando finalmente arrambló con la cáscara a picotazo limpio. El susto le duró toda la vida.

II
EL DÍA Y LA NOCHE

Pasaría mucho tiempo hasta que el Séneca y Neblí le enseñaran los secretos del alto vuelo y de la caza en copla, y hasta que los animales de la ciénaga la humillaran; pero no tanto hasta que su padre, el Gran Adalberti, desapareciera sin dejar rastro.

La frontera entre el mundo de las águilas y el de los hombres está a Oriente. Al sur, vastos campos de cultivo surcados por carreteras y pueblos que brotan de los llanos como grandes cristales de cuarzo. Todo lo demás son encinares hasta los dominios del águila real, en las pinadas de los altos de Guadarrama y Somosierra.

Helíaca acaba de salir del huevo pequeño al huevo grande. Estira el cuello, las alas y las patas una y otra vez bajo las plumas de su madre, sobre su enorme nido forrado con pelo de conejo. Debía de ser de noche porque ya había cesado la algarabía de rabilargos, u *ogralíbares*[1], que dirían las urracas por esa manía suya de decir las cosas al revés. Helíaca no sabía aún qué era una urraca o un ogralíbar, pero empezaba a comprender que el día era bullicioso y abrasador, y la noche silenciosa, secreta y llena de peligros.

¿Qué habrá allí fuera? ¿Cómo será el famoso huevo grande del que le habían hablado?

Helíaca asoma la cabeza a la noche y descubre la bóveda celeste de ese inabarcable huevo que de día llamamos "mundo" y de noche, "firmamento". Escucha la misteriosa llamada de las zumayas[2] y el ulular del cárabo y del Gran Duque: el gran señor de la noche, pero sólo de la noche. Porque de día, quienes mandan en la dehesa son las águilas. Por eso, al amanecer, los búhos se esconden en las fresnedas y se convierten en troncos. Y por eso, cuando el horizonte tira del sol a poniente, las grandes rapaces también bajan del cielo y duermen con un ojo abierto y el otro cerrado.

III
VOLAR ES UN DON

Han pasado dos semanas y ya empiezan a despuntarle a Helíaca en las alas los primeros cañones, pero aún le queda mucho para ser como su madre. Helíaca es una aguilita horrenda. Sus garras son demasiado grandes en relación al resto del cuerpo, especialmente en relación con su diminuta cabeza de chorlito. Su madre, sin embargo, está orgullosísima de su anatomía. Dice que con unas manos así podrá trabar cualquier liebre a plena carrera.

Cuando Helíaca la ve extender sus alas oscuras, dejarse caer al vacío y desaparecer para luego remontar como un péndulo y ascender en vertical, muere en deseos de ser como ella. Está dispuesta a tolerar el dolor infantil de sus primeras plumas con tal de crecer pronto, porque las águilas son orgullosas y altivas, y hay que reconocer que un pollo de águila tiene bastante más de pollo que de águila.

Helíaca lo nota en los ojos de los abejarucos que se posan en los cables al atardecer: ni siquiera se dignan a mirarla y, sin embargo, desaparecen con sólo ver a su padre en el horizonte.

Helíaca también quiere ser como él: aguerrida ante el rival, silenciosa en el vuelo e implacable en el agarre y muerte de sus presas. Cuando se marcha de madrugada, se lo queda mirando hasta que se convierte en una mota que parpadea en el aire antes de desaparecer; Helíaca desea saltar del nido y seguir sus huellas en el aire hasta encontrarlo. Envidia a las torcazas[3] con su vuelo potente y decidido; a los buitres, capaces de quedarse suspendidos, pero no batiendo las alas como los cernícalos sino forjando pactos con el aire.

Helíaca mata las horas mirando el vuelo de las aves: de mirlos y zorzales, de ánades y cigüeñas, y hasta de las mismas urracas, esas falsas torpes del aire que parecen volar cojas y que sin embargo son capaces de esquivar la embestida de un halcón haciendo garabatos por el cielo como una mariposa. Y de las perdices, cuyas alas tamborilean como el tórax de un helicóptero, ese gran moscardón aspado que se pasa el día de aquí para allá sin que nadie sepa exactamente qué come o a dónde va.

Helíaca es de Madrid. Sus padres construyeron su nido en una torre metálica del Monte del Pardo desde donde se divisan los rascacielos de la ciudad. Y las vías por las que pasan los trenes rojiblancos.

Shhhhhhhh...

—Los trenes van preñados de gente —le cuenta Antonio, un gorrión molinero anidado en una oquedad de la gran plataforma de las imperiales del Pardo—. Y paren personas a cientos en unas madrigueras gigantes.

—Y tú cómo lo sabes —, le pregunta Helíaca.

—Me lo contó el año pasado un perro foxterrier que conocí en Valdemorillo, Alteza —dice el gurriato—. Me dijo que vivía en una casa muy grande con un césped muy verde con cedros y cipreses, hasta que un día se hartó de todo aquello y decidió largarse a ver el mundo.

—¿En tren?

—*Chirp* —asiente Antonio—. Me dijo que una mañana siguió a su amo hasta un sitio donde el tren se para y se abre y que, al llegar a la ciudad, el tren se cuela en una zorrera. Y que luego las personas se bajan y se dedican a hacer el helicóptero.

—¿Cómo que a hacer el helicóptero?

—*¡Apulular! ¡apulular!* —apunta una tórtola desde el cable.

—Eso es, "a pulular" de un lado a otro —explica el gurriato—. El perro me dijo que luego anduvo perdido por la ciudad durante mucho tiempo hasta que logró escapar.

—¿En tren?

—*Chirp*. Se bajó en una estación al buen tuntún y empezó a caminar campo a través. Al final acabó en Valdemorillo atado a una estaca en casa de un gañán.

Las águilas odian a los hombres y siempre guardan las distancias con las personas y sus cosas, enseñan a sus vástagos a confiar sólo en lo abrupto: en las siluetas de las montañas que cambian continuamente según cómo les dé el sol o dónde se pongan las nubes; en el poroso perfil del bosque, o en la faz de la Luna y sus mil cicatrices de roca. Aprenden desde niñas a recelar de todo lo bruñido y lo rectilíneo: de las vías del tren, de la trayectoria de los aviones y de los coches; de los picos y aristas que forman los campos de cultivo vistos desde el aire. Pero no pueden resistirse a construir sus nidos en las grandes atalayas que les proporcionan las torres de alta tensión.

Helíaca mira con inquietud las teselas de monte a través de las vigas y travesaños.

IV
PADRE Y MADRE

Los padres de Helíaca suelen posarse en el brazo izquierdo de la torre de enfrente. Los distingue perfectamente porque él es bastante más pequeño. Y no es que su padre fuera especialmente bajito, es que los torzuelos de águila son más pequeños que las primas[4]; un tercio más pequeños para ser exacto.

El padre de Helíaca es un torzuelo callado con ojos como puñales. Helíaca se lo queda mirando cuando llega el atardecer: una línea horizontal en la distancia que se va haciendo cada vez más nítida a medida que se acerca batiendo las alas con suavidad. Parece que trae algo en las garras. Sí, una bola marrón desdibuja su silueta oscura. Es una liebre, la segunda del día.

—Tu padre no falla —le dice su madre.

¿Y qué dice el Gran Adalberti? Nada. Se limita a dejar la presa en el nido. A Helíaca ni la mira, ni siquiera cuando están a solas. Se queda allí, en silencio, devorando los montes con la mirada, como si guardara un gran secreto.

Circulan muchos rumores de sus hazañas.

—¡Muy violento! —dice de él Pervis, el halcón abejero—. ¡Un predador implacable!

El Gran Adalberti es admirado y respetado por todas las criaturas de la dehesa. Dicen que una vez se lanzó a por una cigüeña negra y que, al ver su silueta en el aire, la zancuda prefirió cerrar las alas y dejarse caer al vacío. Dicen que una primavera mató a un jabato de cinco arrobas agarrándolo por la jeta hasta asfixiarlo. Y que persiguió a un cazador furtivo por la espesura y lo tuvo acorralado en unas zarzas hasta que se hizo de noche.

El Gran Adalberti no tiene miedo de nada ni de nadie, y se dice que hasta las águilas reales hacen la vista gorda cuando invade su territorio lanzándose a tumba abierta por la Garganta del Espinar.

—De otra liga —dice Pervis.

A Helíaca se le aparecía en sueños volando bajo, extendiendo y plegando las alas, y abriendo la cola en abanico como un azor en un matorral que no era de jaras y retamas, sino de lanzas y cuchillos.

¿Dónde estará? Helíaca prefiere pensar que simplemente abrió las alas al viento y dijo, "vamos"; sí, el Gran Adalberti extendió las alas y se fue a atravesar horizontes. Sueña que regresará de Oriente tras haber recorrido la Gran Dehesa del mundo. En aquel sueño que Helíaca da como cierto, su padre vuelve al nido, la mira con ternura y le cuenta sus lances de caza.

V
LA DEHESA

Si el calor llega pronto en primavera, a los conejos se les empiezan a hinchar los ojos y se van quedando muertos por las trochas. Eso les viene bien a todos los predadores, porque los pobrecitos conejos deambulan aturdidos y los pueden cobrar sin jugarse la vida. Pero pasado ese tiempo, el pánico se apodera de la dehesa.

Este verano, el mal de ojos está arrasando con los conejos. La dehesa es una casa de locos: los zorros se pasan el día acechando topillos y saltamontes y, aun así, a más de una madre se le ha muerto de hambre la camada entera en la zorrera; las torcazas tienen que jugársela construyendo sus nidos en las ramas más altas y endebles de las encinas, porque las ginetas[5] y las garduñas[6] andan al expolio a toda hora; las urracas también están alborotadas porque los azores y los buteos, que prefieren mil veces la carne rosada del conejo a la negra y correosa de grajos y maricas[7], las acosan continuamente para sacar adelante sus nidadas. Y los conejos que sobreviven a la peste estacional, recechados a todas horas del día por tierra y por aire, sólo se atreven a salir de sus madrigueras de noche cerrada.

Los predadores están nerviosos. ¿Por qué los priva la Naturaleza de ese bocado indispensable en plena primavera, justo cuando les toca sacar adelante a sus pequeños?

El Gran Adalberti no se queja. Si hay que salir más temprano, sale más temprano y si hay que volver más tarde, vuelve más tarde, pero siempre llega al nido con algo, aunque sea un lagarto ocelado, una comida más propia de milanos y aguiluchos. Pero a Helíaca jamás se le ocurriría protestar.

Pasada la media noche en el Monte de Pardo, los ruiseñores dejan de cantar. El silencio súbito despierta a Helíaca, que se queda con los ojos abiertos mirando la noche iluminada por el destello perenne de la ciudad.

Helíaca no ve a su padre, pero sabe que está allí mirándola en silencio.

—¿A dónde vas? —le dice. Intuye que está a punto de marcharse y que no volverá a verlo más. Él no le contesta. Helíaca quiere pedirle que la lleve con él, pero le queda todavía un buen trecho para ser un águila voladora. No se le ocurre pensar en las penurias que tendrán que pasar ella y su madre en su ausencia. Imagina, eso sí, el viaje de su padre a las estrellas.

Una leve perturbación en el metal dice a Helíaca que su padre se ha ido. Se ha marchado en silencio, sin despertar a su madre ni a la Sierra de Guadarrama, apagada ante sus ojos sedientos de luz.

Cuando llega el alba, el Gran Adalberti no está en la

torre de enfrente. Lo esperan todo el día. Al caer la noche sigue sin volver. Madre le dice que no se preocupe, que se le habrá hecho tarde en una nava[8] cerca de La Pedriza donde le birla las fochas[9] a un aguilucho cenizo y que seguramente habrá decidido pasar la noche en el roquedo.

—Adalberti se ha ido a la Luna, madre.

Al día siguiente sigue sin aparecer. Y a la tercera mañana, su madre tiene que dejarla sola para ir a cazar.

VI
URRACAS Y OGRALÍBARES

Como todos los grajos, la urraca y el ogralíbar se entienden muy bien entre sí y conspiran desde el principio de los tiempos contra todas las aves rapaces del mundo, ya sean pequeñas y nocturnas, como el mochuelo, o grandes y diurnas, como las imperiales del Monte del Pardo.

Helíaca no alcanza a comprender qué provecho podrían sacar las urracas de toda esa energía gastada en estorbar al prójimo. Sobre todo en la dehesa, una tierra hambrienta que da a cada uno lo justo. Y, sin embargo, se pasan el santo día acosándoles y molestándoles, y sembrando cizaña entre rapaces nocturnas y diurnas.

Sólo marcharse su madre, aparece una vieja picaraza[7] que manda mucho en aquella parte de la dehesa.

Raca, raca, grita la urraca, gárrula, cabrona, chivata...

—¿Arroz a la zorra? ¿Te ha aborrecido tu madre?

—¡Que te pires!

—*DÁBALE EL ABAD* —vocifera la urraca haciendo estremecer a Helíaca.

—Tengo un recado *apaputarap*, o sea "para tu papá".

—Nada de lo que puedas decirle me interesa.

La urraca tira de palíndromo.

—¡Acaso hubo búhos acá!

—Oye, si quieres decirme algo, desembucha.

Otro palíndromo: —Sé verlas al revés.

—Escucha —prosigue la urraca bajando el tono.

La urraca mira al águila fijamente, casi con cara de pena y susurra:

—El búho anda cerca. Y tiene el nido donde yo sé dónde.

—¿Y eso quién te lo ha dicho?

—Rabilargo ogralíbar

—Mi madre dice que las águilas y los búhos estamos en paz.

—¡Arroz a la zorra! —grazna con sorna la urraca—. Conque en paz, ¿eh? Y dime, ¿cómo puedes estar segura de que el búho no va a venir a medianoche?

—Eso me parecería muy... muy... ¡radical!

—¡Radical! ¡Radical! —carcajéase la urraca—. ¡*DÁBALE EL ABAD*!

—¡Que te pires te he dicho!

—Aún tienes mucho que aprender, mi niña.

«¿Su niña?»

—Aquí lo único radical es el hambre —murmura la blanquinegra—. Si tu padre no ataca primero, será el búho quien venga por la noche a arrancarte las alas.

La urraca se le queda mirando en silencio. Sus ojos negros

apenas se ven sobre su negra cara. Helíaca tan solo distingue la lengua roja y viscosa del ave que jadea con el pico entreabierto.

—Si tu padre no ha atacado aún al Gran Duque es porque tiene el nido escondido —dice—, pero lo que te quería contar es que uno de los pollos del búho ya va ramoneando por el fresno. Escucha —le dice bajando la negra cabeza frente al blanco de su pecho—. Sería muy fácil cazarlo.

—Y para qué se va a enemistar mi padre con el Gran Duque —responde Helíaca—. Además, mi padre hace días que no viene.

La urraca alza la cola y lanza un excremento.

—¿Ah, no? —pregunta con una voz diferente, más melosa y tranquila.

—Bueno, pues si tu papá no está, no digo nada —dice, pero en vez de recular, da varios pasos adelante.

Helíaca no acaba de comprender a qué juega. Sabía que las urracas son grandes expoliadoras de nidos, pero ¿se atrevería con un pollo de imperial? Helíaca tiene mucho miedo de la urraca y trata de intimidarla.

—Ayer comí urraca.

—Aún no ha nacido un águila capaz de cazar una urraca —responde confiada la marica.

—Tampoco ha nacido una urraca capaz de matar a un águila —le responde Helíaca.

A la picaza le entra un ataque de risa.

—*A la zorra, a la zorra, arroz a la zorra* —repite una y otra vez con su voz áspera, antipática, criminal...

—*Dábale el abad* —le contestan otras urracas a lo lejos.

—*Karne-kakarne-kakarneka* —replican varios ogralíbares.

—¡*Akiay, akiay!* —avisan varias grajillas sobrevolando la torre.

—¿Un águila? —se burla la urraca—. Tú no eres un águila, tú eres un... ¡pollastre!

Y otro pasito más.

Sin pensarlo dos veces, Helíaca lanza una garra y trinca a la urraca del pecho.

¡*ARROZ A LA ZORRA!* ¡*ARROZ A LA ZORRA!*

Una excitación nueva se apodera de Helíaca. El pájaro se queda inmóvil, rendido a la fuerza explosiva de los tendones de la joven águila, que le tensan el cuerpo de punta a punta como si los cincuenta mil voltios de la torre comprimieran su puño de águila prima. Helíaca jadea con la mirada clavada como un fierro en los ojos de su presa.

Toda la astucia, el peligro y la maldad de la urraca quedan reducidos a nada. Su vida le pertenece. El córvido grazna sin parar, pero permanece quieto como el acero de la torre. Las voces de las demás se oyen cada vez más cerca.

Helíaca alza la cabeza y ve decenas de urracas y ogralíbares volando hacia el nido con su arrítmico aleteo.

—¡*DÁBALELABAD!* ¡*DÁBALELABAD!* —gritan las urracas, que responden a los gritos de sus hermanas llamándose y alarmándose en una creciente espiral de ruido.

—¡*DÁBALELABAD!* —grita una picaza enorme mostrando un destello azulado.

La presa ya no dice nada. Tiene un ojo abierto, el otro cerrado y una pequeña herida en la cabeza.

Helíaca afloja el puño y la urraca cae muerta.

VII
EL BANDIDO DEL ANTIFAZ

La torre se puebla de decenas de urracas y ogralíbares que la recriminan con todo tipo de insultos y amenazas.

¡ARROZ A LA ZORRA!
¡SOPERRA! ¡SOPERRA-SO!
¡ARREA-REA-REA!

Helíaca se lanza con las alas abiertas contra uno de los ogralíbares como si tuviera la envergadura de un águila adulta: como si fuera su padre en vez de un "pollastre".

Por fortuna, el calor las va agotando y al rato sólo quedan tres o cuatro saltando y graznando entre las vigas.

Helíaca se ve sorprendida por un hambre repentina y voraz como nunca había sentido. Cuando se dispone a comerse la urraca, un milano se descuelga del cielo y se la arrebata casi de las garras. Helíaca mira al ladrón que desciende hacia las retamas con el garabato de la urraca en sus frágiles garras. Las parientes de la muerta surgen de entre las sombras y se abalanzan sobre el milano que abandona la presa y huye sin mirar atrás.

Helíaca siente un escalofrío al imaginarse al siniestro y negro clan de córvidos picoteándole los ojos.

Los rascacielos asoman el pescuezo sobre la calima grisácea de la ciudad. Helíaca mira la procesión de torres metálicas que se alejan hacia la sierra. Con sus padres posados en sus brazos de hierro, le parecían magníficas atalayas de caza; sin ellos, tétricos esqueletos de metal.

Helíaca mira las vías del tren que surcan la dehesa en línea recta; un avión que traza en el cielo una nube en línea recta; un helicóptero que va de norte a sur en línea recta y las rectísimas torres de Madrid que, a lo lejos, parecen palitos clavados en el suelo. Nada que ver con el Guadarrama a poniente, esa gran silueta azulada donde la tierra saca su fornido pecho de roca.

—No llores, Helíaca —dice el gurriato Antonio asomado desde su cuevecilla de paja—. Enseguida vuelve tu madre.

—No, si es el polen.

La vocecita afónica del gorrión molinero y los fraseos alegres de los carboneros y herrerillos en los fresnos del Trofas la distraen de su soledad.

No lejos de allí, un verderón se suma al concierto con su verde trino. Le contesta otro macho. Helíaca lo busca con la mirada hasta encontrarlo.

«¡Ahí va!»

Pero no es un verderón sino un alcaudón[10], que tiende su trampa musical desde lo alto de una retama. La voz aflautada del alcaudón carnicero contrasta con su silueta cabezona y enmascarada. El verderón responde de inmediato a la provocación del bandido y aparece descolgándose por el aire entre lianas invisibles con una clara advertencia:

¡Tú-no, tú-no, tú-no!
¡Soloyó, soloyó, soloyó!

No sospecha el pobre pajarillo que no se enfrenta a un intruso, sino a un impostor. Cuando quiere darse cuenta, ya es demasiado tarde. El funesto alcaudón salta de la rama batiendo las alas con una velocidad endemoniada y atrapa al verderón en el momento en que éste se dispone a posarse. Y entonces, un trino de sorpresa y de terror.

La muerte del pajarito hace callar a la dehesa: el alcaudón había engañado al verderón con sus malas artes y había dejado huérfanas a sus cuatro crías en el nido del pino...

—¡CARNE! —grita la madre de Helíaca posándose en el nido con un faisán de granja.

Helíaca le arranca la presa de entre las garras y empieza a desplumarla. Mira a su madre mientras se traga la primera bola de carne, plumón y sangre templada. La gran prima parece aliviada de verla comer, al fin, tras un día plagado de lances frustrados. Mientras engulle las partes más duras, Helíaca imagina a las crías del alcaudón calmando el hambre con el verderol[11]...

—Así son las cosas, ¿eh? —le dice Helíaca a su madre.

—Sí, así son —responde—. El alcaudón se come al verderón y el gavilán se come al alcaudón.

—Y a nosotras —pregunta Helíaca—, ¿quién nos come? Su madre no quiere hablar de Mariaire.

VIII
AVÍVORA AVE

Madre tiene que emplearse a fondo para sacar adelante a Helíaca. Con tan pocos conejos en el monte, no le queda más remedio que probar otras suertes venatorias. A las primas, más grandes y corpulentas que los torzuelos, les cuesta más la pluma que el pelo. A menudo lleva presas raras: insectos grandes, tipo langostas y mantis; también subió un zorro, dos ginetas y un ánade real que le quitó a un torzuelo de azor a orillas del pantano de El Pardo. Un par de veces llegó con el buche lleno de carne de venado, porque de cuando en cuando aparecía alguno muerto en el monte por la enfermedad del plomo.

—¿Qué es la enfermedad del plomo?

—Es una enfermedad que pasan los hombres con sus palos de fuego —le explica su madre—. Nadie está a salvo.

—¿Padre tampoco?

Madre se queda en silencio y se marcha a la torre de al lado sin decir nada. Aunque Helíaca tiene la certeza de que Padre sigue con vida, su madre lo da por muerto.

«¿Muerto? El Gran Adalberti no muere, mata».

—El Gran Adalberti es un águila muy especial —le dice Antonio a Helíaca durante una de las muchas ausencias de su madre.

—Yo creo que era del norte de Europa —apunta Antonia, su señora—. Tan serio él, tan imperial.

—¡Cómo va ser del norte de Europa! —le replica Antonio—. Allí no hay imperiales ibéricas. Todo el mundo sabe que el Gran Adalberti era extremeño, Heliaquita, y que atravesó media Castilla hasta dar con tu madre.

—Pues yo no lo sabía —le dice la joven águila.

—¿No te lo ha contado tu madre? —pregunta Antonio.

—No, a ella no le gusta hablar de mi padre.

—No me extraña —dice Antonia—. Si éste se largara, yo tampoco iría por ahí presumiendo de pareja.

—¡Vaya pico más largo! —le recrimina el gorrión—. Nadie sabe qué le ha pasado al Gran Adalberti, y si se ha ido a dar una vuelta por ahí, habrá que respetárselo, digo yo.

A Helíaca no se le ocurre pensar entonces lo afortunada que es de ser hija única y no por esos chismes de linajes que tanto entretienen a estorninos y gurriatos: sus padres sólo la tuvieron a ella. De haber sido más en el nido habrían muerto todas de hambre. Todas, sí, porque la suya es una estirpe noble; las crías de otras águilas y las de todos los búhos se comen unas a otras cuando lo que hay no llega para todos.

—Mira, ahí vuelve a la carga —dice Antonio mientras la prima de imperial persigue a un ogralíbar. Llega a toda velocidad con las alas plegadas y las garras hacia delante. Cuando parece que va a atraparlo, el pájaro se echa a un lado y el águila se estampa contra una jara. Las urracas parlotean, se mofan y se parten de la risa.

¡Arroz a la zorra!
¡Dábale el abad!

La madre de Helíaca desaparece y llega casi de noche, exhausta, con una pequeña serpiente descabezada.
—¿Es una culebra de escalera? —le pregunta Helíaca.
—No.
—¿Una víbora?
—Come —le dice su madre—, tendrás hambre.
Helíaca quiere dejar una mitad, pero no se puede trocear un bocado tan largo cuando se tiene tanta hambre. Intenta regurgitarla («¡Vamos, afuera, vamos!») pero su cuerpo desobedece sus órdenes y su deseo de compartir con su madre el humilde bocado que ella misma le ha subido al nido. La pobre tiene la cera del pico de color hueso, sus plumas están sin lustre y tiene varias timoneras rajadas a lo largo del cañón. Se queda mirando a su hija mientras la serpiente mengua hasta desaparecer.
—Lo siento, Madre, yo...
—No te preocupes —suspira dejando ver la quilla—, dentro de poco, el Sol nos dará una tregua y volverá a haber de todo.

¿Cuánto tiempo llevará el águila madre sin comer otra cosa que no sea pescuezos y plumas ensangrentados? Desde que desapareció el Gran Adalberti, lo poco que caza es para Helíaca.

—Ya vendrá —le dice Helíaca a su madre.

Un nubarrón acaba de descargar un aguacero de pura vida y deja el monte envuelto en un aura de esperanza.

Pardillos y jilgueros aprovechan para darse un chapuzón antes de que la tierra sedienta se trague los charcos.

Madre e hija se quedan en silencio deseando ver aparecer al Gran Adalberti entre la espesura. Helíaca siempre creyó que el reencuentro sería sólo cuestión de tiempo y que con voluntad todo era posible. Le gustaba imaginar el momento en que surgiera remontando hacia el nido, batiendo las alas y sacando pecho, posándose en la plataforma, rozándole con un ala, mirándola con ternura.

El viento se lleva la nube y la tierra se traga el día.

IX
VOLAR NO ES COSA DE NIÑOS

La prisa que hasta entonces había tenido Helíaca por hacerse mayor empieza a no ser tan acuciante. Al contrario. Helíaca desea hacerse cada vez más pequeña y esconderse en el huevo chico, donde no hay urracas asesinas ni padres desaparecidos, ni hambre, y donde no te piden saltar desde lo alto de una torre.

—Ya eres casi tan grande como yo —le dice su madre.

—¡Qué va! Mira todo este plumón blanco —contesta Helíaca mostrándole una solitaria pelusa.

—Recuerda que eres...

—Sí, sí, soy un águila imperial, pero, Madre, es que no quiero saltar al vacío.

—¿Al vacío? ¿Qué vacío?

—¿Cómo que qué vacío? —replica—. ¡Pues el vacío vacío! ¿No ves que no hay nada?

Su madre bate las alas con fuerza levantando un vendaval de pelusa.

—¿Qué es esto? —pregunta cernida a varios pies sobre el nido.

—¿Viento? —dice Helíaca.

—¡Viento, viento! —le remeda su madre impacientada—. ¡Y qué es el viento!

Se levanta una providencial brisa de poniente.

—¿Ves? —le dice Madre—. Si el viento soplara un poco más fuerte, te elevaría sobre la plataforma con solo extender las alas.

Helíaca despliega las alas tímidamente y la brisa remite.

—Ahora ya no hay aire, Madre —le dice. Aunque su madre insiste una y otra vez en que sí, Helíaca necesita que el aire se manifieste para distinguirlo del vacío. Si el aire no le sopla en la cara, si no gime en los cables de la torre ni le acaricia las plumas, ¿cómo va a estar segura de que estará allí para sustentarla?

Los gorriones molineros están a punto de partir.

—Alteza, nos vamos a la cebada antes de que se nos adelanten los pintos y los negros —dice Antonio, que así llama a los estorninos.

—¿A la cebada?

—Sí, a unos rastrojos de la familia —dice—. Nos juntamos una buena tropa, aunque este año menos que el pasado, ¿eh? Con lo poco que ha llovido, no creo que pasemos del millar. Antonio llama a sus crías con un gorjeo marcial. Al instante, empiezan a salir de su cuevecilla de plumas y esparto y se ponen a hacer equilibrios entre los palos del nido con los ojos muy abiertos.

—A Valdemorillo, ¿eh? Y cómo vas, ¿volando?

—¿Cómo si no, Alteza? —replica Antonio extrañado—. ¿A lomos de un marrano?

Bajo la atenta mirada de Antonia, los gurriatillos aguantan la respiración y saltan por turnos apuntando con el pico hacia arriba. Helíaca los mira caer, uno a uno, batiendo sus alitas con furia.

—Bueno —le dice Antonio a Helíaca sin quitar la mirada del último saltador—. El año que viene seguirás por aquí con tu madre, ¿no?

—¡Venga, Antonio! —le apremia Antonia—. ¡Que el alcaudón no puede andar lejos!

—Adiós, Alteza, buena suerte.

Antonio desciende raudo hasta el suelo y empieza a llamar a su prole. Al rato tiene a todos los molineritos reunidos bajo una retama donde Helíaca los ve atiborrarse de gastrolitos[12] con los que moler el grano duro en el buche.

Se quedaron por allí un par de días, el tiempo suficiente para que les crecieran un pelín más las remeras y para practicar el vuelo antes del largo viaje.

Allí van en una pequeña bandada acompañados de otra nidada de gorriones, de un puñado de pinzones reales y de Peio, el lúgano[13] donostiarra.

¡A-gur! ¡A-gur!

—¡Agur, Peio!

Durante aquellos calurosísimos días, también abandonaron sus nidos los alcaudones, que empezaban a acechar a las crías recién emancipadas de herrerillos, mitos y jilgueros. Los pequeños abejarucos también habían salido de sus galerías del talud. Se oía su arrullo lejano, altísimo, en la luz cegadora del mediodía.

Helíaca se pregunta si podrán ver a su madre desde allí arriba. Sus ausencias entre presa y presa son cada vez más prolongadas. O al menos eso le parece a ella. Ya no está Antonio para contarle sus historias de La Mancha. Los chivones[14] de jilguero que no se han ido ya de veraneo a los jardines de Las Rozas, vuelan de rama en rama entre las sombras calientes de los pinos esperando a que baje el sol para salir a los cardizales de los caminos a atiborrarse de simiente.

«Y yo aquí arriba como una espantapájaros».

Un gamo cabezón de enormes palas cubiertas de terciopelo la mira, tumbado en un óvalo de sombra, sobre el esquilmado pasto de verano. Sin duda se estará preguntando qué hace aún en el nido un águila imperial hecha y derecha.

De la mancha de monte que se divisa desde lo alto de la torre despuntan las cepas de dos gigantescos pinos piñoneros. Los mismos pinos a los que soñaba llegar en su primer vuelo antes de que el miedo hiciera presa en ella.

X
JARA

E h, tú!

«¿Quién osa hablarme en ese tono?»

Un azor mira a la joven águila con un puño recogido entre la seda blanca de sus plumas caudales. Apenas se distingue su larga cola color de acero sobre el gris de la torre.

—Me llamo Jara y vengo a decirte algo.

«¿Y de dónde ha salido ésta?»

—Eres muy atrevida —le responde Helíaca al azor tratando de parecer majestuosa o, al menos, digna—. Si te ven mis padres...

—He venido a pedirte que te vayas de la torre, a ti y a tu madre.

«A pedirme, ¿qué?»

—Lo primero, tengo todo el derecho del mundo a...

—Se acabaron los derechos —interrumpe Jara—. Tu obligación ahora es volar.

—Que vuele o deje de volar no es asunto tuyo.

—Tu madre ha vuelto a arruinarme la caza con sus ataques a la desesperada. Pero no es culpa suya: eres tú la que debía haber saltado del nido hace ya media luna.

—Nadie va a venir a decirme qué tengo que hacer.

El azor se la queda mirando con lástima y desprecio.

—¿Y tú eres hija del Gran Adalberti?

Antes de que Helíaca le conteste, Jara se deja caer y desaparece a ras de suelo entre la espesura.

Cuando Madre llega finalmente al nido, Helíaca lleva un buen rato musculando los hombros a base de aletazos.

—¡Bravo, Helíaca! —le dice mientras se posa en la plataforma, esta vez de vacío—. ¡Al fin vas a echar a volar!

Helíaca no le habla de la visita de Jara ni de la vergüenza que le ha hecho sentir. Pero sí: ha decidido que aquella misma tarde saltará del nido.

Madre se posa a su lado, la mira a los ojos y comprende que su decisión es firme.

—No tienes que confiar en mí, Helíaca —le dice—. Tú confía en el aire.

Madre se inclina hacia delante y cuando parece que va a caer a plomo, despliega su enorme envergadura de águila prima. Bate las alas una vez. Describe un círculo alrededor de la torre mostrando el blanco de sus hombros. Helíaca nunca la había visto volar tanto rato tan de cerca. En vuelo, su madre le parece mucho más joven, con todas las plumas ceñidas al cuerpo como hojas de metal. Da una segunda vuelta alrededor del nido, esta vez más cerrada, acercándose más a la plataforma, a la torre, a Helíaca.

«¡Vamos Helíaca!», parece decirle. «Soy tú. Eres yo. Mírate volar».

Helíaca busca el viento con el pico. Abre las alas. Da un paso hacia adelante.

Y muere.

XI
TECHOS Y PAREDES

Un ácido olor a cemento despierta a Helíaca. Verse rodeada de aquel techo y aquellas paredes es como morir por segunda vez. Aquel lugar no tiene nada que ver con el huevo grande del universo del que le había hablado su madre. Está envuelta en unas vendas que le oprimen los hombros y el vientre. No se ve las alas. Rogelio, su compañero de celda, le dice que se ha quemado, que estuvo a punto de morir.

Helíaca y Rogelio están encerrados entre cuatro paredes grises rociadas de excrementos blancos y separados el uno del otro por una tela metálica. El techo tiene una apertura enrejada a través de la cual se ve la rama de un alcornoque. Al fondo, en la parte cubierta, hay una repisa, y a media distancia entre la repisa y la pared de enfrente, una alcándara[15] de madera.

Helíaca apenas puede moverse. Un dolor punzante le atraviesa el cuerpo de lado a lado.

Le oprimen las vendas y le deprime verse sin alas. Desea morirse, pero no al día siguiente ni al caer la noche: quiere morirse ya, así que cierra los ojos y busca el fin de todo en la oscuridad. Cierra los ojos y los aprieta con fuerza para no abrirlos nunca más, y entonces empiezan a llegar los sueños: sueña que va con las alas abiertas en pleno cielo y respira el aire fresco de la sierra, que baja del tobogán azul del Guadarrama a pleno caudal; el aire da forma a su esbelto cuerpo de águila niña, la sustenta y la catapulta a una altura insólita. El mundo se extiende bajo sus alas y lo contempla satisfecha.

Desde allí arriba lo ve todo. Los conejos la barruntan y se esconden entre las retamas. ¡Ahí van las urracas! Huyen despavoridas a su paso, torpemente, chocándose las unas con las otras. Un buitre pasa a su lado y humilla la cabeza.

Auk

No, esa voz no es de buitre. ¿Será un águila?

«¡Madre!»

Pierde altura. El aire se le cuela entre las plumas.

Tiene las alas extendidas pero cae estrepitosamente.

«¿Qué pasa?» La torre está allá abajo. Puede ver el nido perfectamente, la plataforma de ramas con hojas de encina aún verdes, los cables asesinos...

«¡Madre!»

Está posada en el nido y grita con una voz irreconocible.

Auk

A Helíaca se le taponan los oídos. Ya no oye a los abejarucos escondidos en las alturas. Ya no oye el *put put* de Upupa, el apaput[16]. Todo calla. El tren pasa en silencio. Oye sus propias vísceras, su respiración acelerada. Y se ve envuelta en unas llamas sedosas...

Helíaca despierta y vuelve a encontrarse en su cárcel gris. Al otro lado de la tela metálica hay un águila soberbia. Le hubiera recordado al Gran Adalberti si no hubiera sido tan piona.

—¡Soy Rogelio! —vocifera—. ¡Soy de tu especie! ¡Un águila imperial ibérica!

Helíaca no sabe por qué habla así, apenas entiende lo que dice.

—Come —dice—. Tienes que ponerte fuerte.

—¿Y mis alas?

XII
ROGELIO

Al día siguiente, Helíaca sigue sin tocar la comida. Se siente grotesca, absurda. Un águila sin alas, ni más ni menos. Cuando saltó del nido, tocó un cable con la punta de un ala y una viga de la torre con la otra, y fue atravesada de lado a lado por una corriente capaz de matar a un hombre. Rogelio le dice que hoy le van a quitar las vendas. Antes del accidente le hubiera horrorizado la idea de que un humano le pusiera las manos encima, pero está rendida y entregada a su suerte. ¿Qué más pueden hacerle?

¡Auk!

¿Dispararle, como dicen que hicieron con su padre?

¡Auk!

¿Volver a quemarla viva?

¡Auk!

Rogelio intenta tranquilizarla. Asegura que le taparán los ojos con una caperuza para que no se debata y trate de escapar.

«Escapar, ¡qué risa!»

¡Auki auki auk!

—Rogelio, por favor, me duele la cabeza.

De pronto todo se apaga. Los humanos han tapado el tragaluz de su cárcel.

—¡Qué ilusión, qué ilusión! —pía Rogelio entusiasmado—. ¡Son Amparo y Ramón!

Un golpe metálico en la puerta. Helíaca ve un bulto oscuro en el umbral, distingue la silueta sin rostro de una criatura erguida sobre dos patas, como el monstruo de una pesadilla humanillesca. Se acerca hacia ella encorvado, con las garras hacia adelante. Cuando la agarran siente una sacudida de terror que le hace soltar un excremento.

«¡Qué vergüenza!»

Le ponen una caperuza de cuero en la cabeza y entonces la oscuridad es absoluta. Las voces de las personas, que susurran cosas ininteligibles, le causan una profunda impresión. Siente un mareo intenso. Delira.

Helíaca se fija en los sonidos de los humanos. Le recuerdan a las urracas. Se pregunta si se comunicarán entre ellos como si de aves se trataran. Detecta bondad en el tacto de esos dedos blandos que le acarician el pico, las garras, el buche, que repasan y enderezan las maltrechas timoneras de la cola. Helíaca se rebela contra esa paz súbita y lanza una garra a sus captores.

Cuando empiezan a quitarle la venda desea que el último calor de vida que le queda se le vaya por la herida.

Aquellos dedos calientes y desnudos siguen recorriendo su cuerpo como un manojo de ratas.

Le oprimen las falanges...

«¡Ay!»

Los tarsos…

«¡Ay!»

La quilla…

«¡Ay!»

El dolor esboza cada parte de su cuerpo a medida que lo manosean buscando huesos rotos que curar, heridas que desinfectar y plumas quemadas que injertar haciendo un corte transversal al cañón e introduciendo dentro una pluma nueva. Le angustia saber que no sentirá las alas, que el destino final de aquellos repugnantes dedos serán dos muñones. Y sin embargo tocan ala. Primero la derecha y luego la izquierda. Aquellos dedos humanos siguen avanzando por las enormes alas del águila, tramo a tramo, hueso a hueso, iluminando toda su envergadura con destellos de maravilloso dolor.

«¡Tengo alas!»

«¡TENGO ALAS!»

XIII
UN ÁGUILA MODERNA

Helíaca aún tiene las plumas ennegrecidas y medio rotas, pero ya se le ha llenado la quilla. Y las plumas vuelven a crecer. Lo importante es comer y ponerse fuerte, y ejercitar las alas para volver al campo lo antes posible. El conejo que le dan no es montuno, como los que llevaba su padre al nido, pero éste es más mollar y más graso.

—Desde ahora, todo hacia arriba, Rogelio —le dice Helíaca en su prisión de cemento.

—¡Venga ese espíritu! —contesta el torzuelo—, aunque tener alas te va a servir de bien poco.

—¿Cómo "que de bien poco"?

—Claro, Helíaca —le dice—. Quizá eso de volar no sea tan necesario.

—Pero somos águilas —le responde confundida—. ¿Es que tú no vuelas?

—Yo soy un águila moderna —dice como si tal cosa—. Pero un águila, al fin y al cabo. Imperial ibérica. Nombre científico: *Aquila adalberti*. Área de distribución: suroeste de la Península Ibérica. Envergadura: la de un hombre con los brazos abiertos.

Rogelio le explica que nació allí mismo, en el centro de reproducción de aves rapaces. Que no salió de un huevo en un nido al aire libre, sino de una incubadora.

—Mis padres básicamente son Ramón y Amparo, a quienes ya conoces. Ellos me han enseñado todo lo que sé.

—¿Hablas con ellos?

—Hablar, lo que se dice hablar, no —dice—. Yo me limito a dar *feedbacks* mediante señales fácilmente interpretables en aras de la consecución de nuestro gran objetivo.

«¡Pero qué dice éste!»

—¿Qué gran objetivo? —pregunta Helíaca.

—Salvar a la especie, qué si no —responde—. No te preocupes, ya irás tomando conciencia.

Helíaca no entiende nada.

—Mira Helíaca, estamos desapareciendo por culpa de las torres de alta tensión, de los venenos y, sobre todo, por la reducción del hábitat. Nosotras somos el futuro.

—¿Nosotras?

—Tú, yo y las demás águilas del centro.

—Un águila enjaulada no es un águila —dice Helíaca —, es un... ¡es un pollastre!

—Un poco de respeto, jovencita —replica—. Todo esto puede que ahora te resulte un poco complicado, pero no te preocupes, ya lo irás comprendiendo.

Tanto "no te preocupes" empieza a irritar a Helíaca, que no siente ninguna simpatía por el apuesto torzuelo humanizado.

Rogelio despierta en ella una agresividad creciente que, de no ser por la tela metálica que los separa, podría acabar en tragedia.

—Tú ni vuelas ni cazas —le dice Helíaca—. Y te codeas con ellos. Anda, déjame en paz. Mañana mismo me largo de aquí.

—Con esas plumas no creo que llegues muy lejos —dice Rogelio con su fastidioso tono paternal. Pero tiene razón. A pesar de los injertos que le han podido hacer en las rémiges[17], sus plumas no dan para mucho. Y no empezará a mudarlas hasta la primavera. Helíaca se mira la cola y ve cuatro timoneras partidas por la mitad. Agarra una con el pico y se la arranca de rabia.

Menudo panorama. La tienen encerrada con un torzuelo de cuatro años que, de acuerdo, está muy bien plantado, pero a Helíaca le parece medio idiota. Y para colmo se llama Rogelio. Sí, pobre Rogelio. No es culpa suya. Él no nació bajo las estrellas y no podrá extrañar el cielo porque no lo ha volado; y si es gárrulo y silábico como las urracas y los ogralíbares o los propios humanos, es porque piensa y siente como ellos, no como las águilas montunas.

«Pero tampoco es culpa mía», murmura Helíaca, que no soporta que un ave con la librea de sus padres paladee esas cacofonías humanas y desprecie el don natural del vuelo.

XIV
MELES MELES

Una algarabía de mirlos despide el día al atardecer.
Chiap, chiap, chiap
Sus buenas noches son como un rayo de luz. Pero luego cae la noche lúgubre, negra y silenciosa. Una noche invernal, sin ruiseñores, ni cárabos, ni zumayas. Una noche infernal, crispada por el odio de los perros ladrándose unos a otros a leguas de distancia y cuyo eco restalla en alguna pared cercana.

Una presencia la despierta. Está al otro lado de la puerta metálica.

«¿Ramón? ¿Amparo?»

No son ellos. Helíaca es una piedra, los ojos clavados en la base de la puerta.

Oye a Rogelio que respira.

Un golpe metálico.

Zarpas por debajo de la puerta.

¿Qué será? ¿Una rata? ¿Un gato? ¿Un zorro, quizá?

Helíaca mueve la cabeza de lado a lado como un búho para distinguir al intruso en una oscuridad densa como la brea. La Luna se asoma por el tragaluz arrojando un haz luminoso hacia el fondo del voladero. Helíaca agarra la alcándara con fuerza. Tensa las plumas que se ciñen a su cuerpo como una armadura. Se inclina hacia adelante.

«¡Ahí está!»

Un tejón entra en el voladero impetuosamente, frotando el hocico por el áspero suelo. Es valiente, desde luego. Y no parece tener malas intenciones. Se acerca a unos huesos de conejo que hay en una esquina. Parece que ha ido a carroñear.

—¡Tú! —le dice—. ¿No tendrás por ahí un muslito de algo?

—¿Cómo te llamas? —le pregunta Helíaca.

—Meles Meles.

—¿Dos veces?

—¡Va o no va esa chicha!

Helíaca salta de la alcándara a la repisa y le deja caer un trozo de paloma.

—¡Vaya manoplas calzamos! —dice el tejón mirándole las garras—. En mi vida he visto unas garras así. Y, créeme, he visto unas cuantas.

Helíaca oye las muelas muelas de Meles Meles triturando el espinazo de la paloma que machaca y traga a medio mascar.

—¿No le quitas las plumas?

—¡Plumas! —brama—. ¡Si quieres volar arráncate las plumas!

—Calla tejón, que vas a despertar a Rogelio.

—¿A ese? —dice sin levantar el hocico del suelo—. Ese no se entera, mira.

Y entonces se pone a gritar:

—¡RO-GEEEE-LIO! ¡AÚUPA!

Meles Meles da tales berridos que despierta a todos los perros de la comarca. No así a Rogelio quien, efectivamente, no se entera de nada.

—Pobrecito —dice Meles Meles.

—¿Pobrecito por qué?

—Está muerto de miedo, ¿no lo ves?

—¿Miedo de qué?

—Pues como no sea de la Mariaire...

Más preguntas.

—¿Qué es Mariaire?

—¿Que qué es Mariare? —el tejón escupe un hueso, alza el hocico y mira al águila a los ojos.

—Venga, venga, que nos canta el gallo —dice Meles, sin hacer caso a su pregunta.

Sin dudarlo ni un instante, Helíaca se baja de la alcándara. Meles sale por la gatera que ha hecho debajo de la puerta metálica. El hueco es estrechísimo.

«¿No querrá que yo pase por ahí?»

—Esto lo arreglamos en un pispás —dice Meles Meles, que vuelve a entrar en el voladero y se pone a excavar como un demonio bajo la puerta lanzando un pedrisco de grava y tierra contra las paredes. Helíaca se encarama a la alcándara para que no la descalabre de una pedrada.

—Aquí toco roca —dice antes de salir de nuevo—. Prueba ahora.

Helíaca no lo tiene claro. Aunque el agujero es más ancho, para pasar al otro lado tendrá que tumbarse, arrastrarse por el barro...

—¡PON UN POCO DE TU PARTE, GENOVEVA! —brama la alimaña a pleno pulmón crispando más aún a los perros, que ladran en la lejanía. A Helíaca no le gusta que la llame Genoveva, pero tampoco le parece prudente discutir con ese animal absurdo e impredecible. Camina hacia al agujero y se arrastra por la tierra grasienta. Unos instantes después se ve fuera del voladero.

—Vente conmigo —le dice—. Y, sobre todo, no hables con nadie, ¿me oyes? ¡Con nadie!

Helíaca sigue a Meles Meles en silencio a través de una galería de jaulones. Se asoma a uno de ellos y ve al menos una docena de águilas posadas todas juntas en un palo como si fueran palomos. Las hay de todas las edades: adultas de plumaje oscuro y hombros blancos, de damero, y pajiza de temporada como Helíaca.

—Vamos, vamos —dice Meles Meles sin detenerse ni mirar atrás.

Todas las águilas están de espaldas menos una. Helíaca la mira detenidamente. La noche es oscura pero las paredes blancas irradian algo de luz. Helíaca abre mucho los ojos, inclina la cabeza hacia el jaulón y mira al águila marrón, enorme, extraña, con la cabeza leonada y gorda como la de un búho. ¿Y en la cara?

«No, no es posible».

En lugar de pico tiene nariz.

—La siguiente tú, Helíaca —le dice el monstruo con una voz extraña, de otra tierra, pastosa y nasal.

—¿La siguiente qué? ¿Qué dices? ¿Quién eres?

—¡ESPABILA, GENOVEVA! —grita Meles Meles—. ¡El sol acecha!

Helíaca está paralizada ante el jaulón del águila nariguda.

—Soy más grande que tú, Helíaca. Más fuerte —le dice alzando una enorme mano de simio—. Ahí fuera yo te muero. Yo te muero. ¡Yo te muero!

—¿Por qué? —responde Helíaca sin comprender nada.

Meles vuelve sobre sus pasos y empuja a Helíaca con la cabeza. El águila se revuelve instintivamente y lanza una garra a Meles. Casi lo trinca.

—¡No me toques, tejón!

—¡Te dije que no hablaras con nadie, te lo dije! —le increpa—. Venga, Genoveva... ¡VAMOS!

«¿A dónde me lleva?»

«¿Y por qué me llama Genoveva?»

El tejón se para de golpe y le dice con cara de susto:

—¡No me digas que tú no eres Genoveva!

«¿Me está leyendo el pensamiento?»

—El sentimiento, más bien —dice—. ¿A qué viene tanto miedo? La muerte no es el fin del mundo.

—¿Qué? ¿Voy a morir?

—No voy a perder más el tiempo con impostores —le responde—. Si no eres Genoveva, me largo. Adiós.

Meles Meles agacha la cabeza y desaparece en la oscuridad dando bufidos. El ladrido de los perros se oye ahora más cerca. Llegan de todas direcciones. Si no regresa a tiempo al voladero...

«¿Dónde está?»

Los perros se acercan.

El águila del jaulón lanza un gruñido de cerdo y grita: "¡Yo te muero! ¡Yo te muero!". Los perros se precipitan hacia Helíaca en las tinieblas. Helíaca oye sus tarascadas llenas de babas y colmillos. ¡Ya están aquí!

«¡Vuela, Helíaca! ¡Vuela!»

XV
CURIOSA PALABRA

Helíaca despierta con un sobresalto. ¿Qué querrá decir todo aquello? ¿Será una premonición? ¿Una advertencia de lo que podría llegar a ocurrirle si intenta escapar? ¡Es igual! Que una perdiz o una paloma se resignen a vivir en una jaula está bien, ¿pero un águila? No, no puede ser.

Helíaca mira a Rogelio. Es un torzuelo espléndido, brillante como el acero. Lo ve desperezarse sobre su alcándara.

«¡Quién tuviera sus plumas!»

Si Helíaca quiere huir no le queda más remedio que esperar a mudarlas todas. La cola la conserva casi intacta, pero tiene medio chamuscado el abanico de cuchillos y aguaderas de punta a punta de las alas. Y Rogelio ahí tan tranquilo. ¿No habrá tenido alguna vez la tentación de huir y volar?

—¡Qué manía con volar! —dice—. Y luego, "¡ay, que me he chocado con un aerogenerador!", "¡ay, que me han pegado un tiro!", "¡ay, que me he electrocutado!".

—¡Oye, no te burles!

—Perdona, Helíaca, pero no es saludable esa fijación tuya con la libertad.

«Libertad, curiosa palabra».

Helíaca le pregunta qué significa.

—Ser libre es no tener nada.

La angulosa silueta de Íñigo, el milano, aparece sobre el tragaluz. Se asoma desde el aire a ver si hay algún despojo de carne y mira a Helíaca desde la rama del alcornoque con cara de hambre de muchos días.

—Ahí lo tienes, el vivo retrato de la libertad —dice Rogelio mirándolo con desprecio—. ¡Míralo! Libre como un pájaro, hambriento, solo, siempre al borde de la muerte. Nosotras en cambio no necesitamos nada. ¿Cobijo? A prueba de rayos. ¿Comida? De primera y abundante. ¿Enemigos? —dice, y se queda mirando en silencio a su alrededor con un gesto petulante.

—¡Precisamente! —le dice Helíaca—. Aquí somos prisioneros de los humanos y ellos son nuestros enemigos.

—Estos humanos, no —contesta—. ¿O acaso no te han tratado bien desde que llegaste? En vez de criticar tanto, deberías estar agradecida, Helíaca. Ellos te han salvado la vida.

Helíaca no dice nada. Lo cierto es que no se está tan mal. Allí no tiene que preocuparse de calores ni tormentas, ni de quitarse de encima a las urracas; ni del hambre, ni de cables asesinos, ni de furtivos con palos de fuego.

Helíaca piensa que quizá haya sido injusta con Rogelio. Al fin y al cabo es mucho mayor que ella y sabe un montón de cosas. A lo mejor, las águilas modernas no vuelan y Helíaca no era más que eso: una niña con la cabeza llena de pájaros. ¿Y qué hay de padre?

«Eres una estúpida», se dice a sí misma.

De pronto decide que todas esas ideas bonitas sobre la inmortalidad de las águilas y sobre navegaciones celestes no son más que chiquilladas: el Gran Adalberti es tan mortal como Íñigo el milano o como la codorniz que se acaba de comer. Nada de incursiones por los hondos asterismos del espacio. Helíaca concluye que su padre murió la primera noche en que se ausentó del nido, punto.

Si no lo han matado de un tiro, se habrá estrellado contra una alambrada o se habrá electrocutado.

Después de media luna de lluvia y de silencio, las nubes se separan. La rama del alcornoque se dibuja contra el azul intenso del cielo. Hace frío. Al otro lado de la tela metálica, Rogelio dormita con una pata recogida entre las plumas caudales. Helíaca quisiera ser como él, sin ansiar el cielo y la dura libertad, preocupada tan solo por el porvenir de la especie.

Los rayos de sol arrancan algún trino otoñal a los pajarillos de la dehesa. Un agateador habla boca abajo aferrado a la corteza del alcornoque. Protesta por lo poco que hay que rascar del bosque durante aquellos fríos días de noviembre.

"*Sí, sí, sí*", asiente un reyezuelo posado ante un agujero del árbol.

Upupa, el apaput ilicitano, llega hecho una furia y da a entender con todo tipo de gestos que ese agujero es suyo.

Abre el abanico de la cabeza, lo cierra; mira al este, al oeste, al norte y al sur, y amenaza, alzando la cola, con rociar toda la rama con un fétido excremento.

"*Tran-qui, tran-qui*", le dice un carbonero desde otra rama. "*Chau, chau*".

Silas e Iris, los jilgueros de la encina de al lado, llegan agobiados preguntando por sus chivones.

"*¿Y Saúl? ¿Y Luis? ¿Y Luisa? ¿Luis, Luis?*".

Nadie se ha atrevido aún a decirles la escabechina de jilgueritos que hizo Abión, el gavilán del soto.

Helíaca se siente a salvo de la libertad.

XVI
COMPAÑERA

Rogelio le explica a Helíaca todo lo que supuestamente hacen por las águilas "papá y mamá". Se pasa el día hablándole de cosas de humanos que Helíaca no entiende pero que, según él, toda águila moderna debe saber.

—Eres una privilegiada —dice—. Dispones de más información que cualquiera de esas palurdas de la dehesa.

—¿Información? ¿Qué es eso?

Rogelio parpadea y dice:

—Es algo de lo que vivimos en la era de.

—¿Eh?

—Datos. Por ejemplo, hoy hace sol.

—Ya.

—Helíaca, tienes mucho potencial. Aquí podrían sacarte hasta nueve polluelos al año.

—¿Y tantas águilas para qué? —pregunta Helíaca.

—Cuantas más águilas, mejor.

Helíaca se pregunta qué pensaría su padre de todo aquello: "datos", "una misión en la vida"... Quizá el Gran Adalberti hubiera querido que Helíaca tuviera un gran plan, como los hombres.

Sí, el Gran Adalberti. Él seguía apareciéndosele en sueños, unas veces como un distinguido embajador de las alturas, otras como una rapaz gigantesca, terrible y violenta que destruye casas y caminos; un águila que, a su paso, tiñe los campos de cultivo con manchas de oscuro monte, con carrizales cuajados de fochas y calamones[18], de ánades y serretas[19].

Pero Helíaca acepta. Dice en voz alta: «Soy un águila moderna».

«Rogelio tiene razón», piensa. ¿Volar? ¿Para qué? Ya vuela todos los días con la imaginación: sube a lo más alto del cielo y desde allí ve las sombras de las nubes acariciando el monte. Siente los músculos del pecho soportando su peso suspendido entre sus brazos de águila; caza flamencos al vuelo sobre los espejos de ruideras y doñanas imaginarias. Vuela y sube alto, alto...

—¡Alteza!

—¡Antonio!

Antonio, el gorrión molinero, aparece en el tragaluz del voladero. Le cuenta que está recorriendo los rastrojos de la zona con Antonia, pensando ya en la próxima temporada de cría.

—Ya *invernea* el otoño —dice—. Antes de que nos demos cuenta, estaremos de vuelta en la torre del Pardo, pero... ¿y tú?

—Yo me quedo a salvar la especie.

El gorrión la mira apesadumbrado.

—Pero bueno, te soltarán pronto, ¿no?

—Ya está suelta ahí dentro, ¿no lo ves? —dice Rogelio.

Antonio está indignado.

—Pero, ¡Alteza!

—Y no hace falta que me llames *alteza*.

—¿Pues cómo quieres que te llame?

—*Compañera* me parece lo más adecuado —dice Rogelio metiendo baza.

—¿Cómo que "compañera"? —responde Antonio confundido—. ¡Compañera de qué!

—De biotopo —dice Rogelio.

—¿A ése qué le pasa? —susurra el gurriato mirando al águila mansa con recelo.

Antonio se cuela entre los alambres de la tela metálica y vuela hasta la alcándara dibujando una alegre turbulencia en el aire.

—¿De verdad te vas a quedar aquí para siempre? —dice preocupado—. No, ¿no?

Helíaca le explica lo de su misión, pero Antonio se distrae: es un rollo demasiado denso para un gorrioncito manchego.

—¿Y la familia? —le pregunta el águila.

—Los chicos terminaron de mudar las plumas por San Miguel y ya van a su aire —dice—. A la nena la dejé por los campos de Segurilla, en Toledo, con unas primas nuestras que anidan todos los años en una pared estupenda a la vera de una cañada. Y los demás han tirado hacia Oriente, quieren estar en los Yébenes para cuando florezca el azafrán.

El gorrión vuelve a la carga:

—Oye, pero ¿de verdad que te vas a quedar?

Rogelio se hace el distraído, pero está pendiente de todo.

—Es lo mejor.

—Bueno, pues ya vendré a visitarte.

Antonio vuela al tragaluz.

—Por cierto —dice—, han visto a tu padre.

Al oírlo casi se cae de la alcándara.

—¿De verdad? —pregunta Helíaca.

—Se lo comentó a mi señora una sobrina de Petisuis.

—¿De Petisuis, Petisuis? ¿El petirrojo de Zafra?

—De Zafra de Záncara, el petirrojo, sí. Le dijo que Pervis, el halcón abejero, lo vio rondando un palomar en una finca de Colmenar Viejo.

—¿Y seguro que era él?

—Lo jura —contesta—, pero viniendo de Pervis, vete tú a saber.

—Desde luego, ése miente más que pía.

—Bueno, Helíaca, si volvieras al campo pregunta por mí a las torcazas de la torre, ellas te dirán dónde encontrarme.

—¡Espera! ¡No te vayas!

—¡Es que se me va la bandada! —trina ya desde el aire—. ¡Adiós, Alteza! ¡O sea... compañera!

«¡El Gran Adalberti! ¡Vivo! ¿Será cierto?»

Helíaca camina hasta el fondo del voladero y ahueca las plumas para dormirse y buscarlo en sueños. Descubre entonces que la pluma que se quitó de la cola le está volviendo a salir. Y recuerda de algún sueño: «¡Si quieres volar arráncate las plumas!».

XVII
DE ÁGUILAS Y HOMBRES

Ya había pasado una luna desde la visita de Antonio. La trampilla se abrió a su hora y vio caer la comida hacia el interior del voladero. Medio conejo. Saltó desde la alcándara con las alas desplegadas y cayó sobre la pieza. Nunca antes había llegado tan lejos.

Rogelio se la queda mirando. Se ha dado cuenta de todo.

—Te has arrancado las rémiges —dice muy serio.

—Las rotas nada más —le responde Helíaca tímidamente.

—Estás loca. Se te podían haber infectado los alvéolos[20].

Le pregunta qué son los alvéolos, pero Rogelio no escucha. La mira fijamente con una desconfianza intensa, casi con miedo.

—¿A dónde te crees que vas?

Helíaca capta el tono de reproche en su pregunta y le responde sin titubear, harta ya de fingimientos.

—A los Yébenes, a ver los campos de azafrán.

—Tú no te vas a ninguna parte.

—¡No será porque tú me lo vayas a impedir!

Rogelio se sube a su alcándara.

—No quería contarte esto pero no me va quedar más remedio —dice mirándola desde allá arriba—. El otro día se escapó del centro un águila joven, de segundo año. Cuando la trajeron, la pobre estaba hecha un pellejo, medio desangrada, con una herida muy fea en el ala: de escopeta. Todos creíamos que se iba a morir, pero salió adelante. Y parecía contenta pero un día, no sabemos cómo, se las apañó para hacer una gatera por debajo de la puerta y se escapó.

«¿Una gatera por debajo de la puerta?»

—Ayer la encontraron en un descampado a un par de leguas de aquí —prosigue Rogelio—, medio comida por los perros.

«¿Un águila fugitiva?»

«¿Perros?»

—¿No se llamaría Genoveva?

Rogelio se queda de piedra.

—Sí, Genoveva. ¿La conocías?

Helíaca le responde con otra pregunta.

—¿De qué tienes tanto miedo, Rogelio?

Pausa.

—No es miedo, es pena —le dice—. No me gusta matar.

—¿Cómo?

—Que no soy partidario de la caza.

«¡Por favor!»

—Rogelio, eso es una estupidez —le dice Helíaca—. No se puede ser un águila imperial y no ser partidario de la caza.

—Pues yo te digo que no es correcto —dice—. Es una práctica inhumana.

—¿Y qué esperas de todas esas águilas que tienen aquí en el centro, que coman yerba?

—No te pases de lista, Helíaca. Hoy en día hay muladares por todas partes. ¿Qué tiene de malo la carroña?

—Háblame de Mariaire —le dice Helíaca.

Rogelio tiene que dar un paso al lado para no caerse de la alcándara.

—Mariaire es un monstruo.

Ahora Helíaca solo escucha. Rogelio le cuenta que fue robada de su nido por un pastor que la crió para cazar con ella; que vivieron juntos años y años de soledad, caminando con su rebaño y cazando por los páramos loberos. El águila y el pastor, le cuenta Rogelio, cazaban de día y, de noche, se quedaban mirándose el uno al otro a la luz de la hoguera como si no hubiera otra cosa que mirar en todo el universo. Le cuenta que de tanto ir en el brazo de su señor, Mariaire acabó por sentir que era ella quien caminaba por los riscos y que las piernas del pastor eran las suyas propias; le dice que el hombre había acechado tantos muflones por la estepa con su águila en el puño, que veía a través de los ojos del ave y nunca más pudo ver el mundo como el resto de los hombres.

El hombre, al ver al águila saltar de su puño, sentía sus alas en los hombros; y al águila le dolían las piernas del pastor, cuando éste la llevaba exhausto monte arriba. El águila y el pastor se amaban. Y sufrían. Torturado por aquel amor imposible, el pastor se abrió el costado con un cuchillo y se dejó devorar por Mariaire, que desde entonces vaga por el mundo enloquecida.

Helíaca mira a aquel pájaro complicado y hermoso con inquietud, primero. Luego con desprecio. ¿Qué madre querría pasar a sus hijos tanta cobardía y confusión? Rogelio sabía o debía saber que un águila no puede ser mansa, ni guiarse por pautas humanas, ni siquiera para un gran fin como la supervivencia de la especie.

Rogelio deja caer las alas y se embola. Durante los días siguientes no dice nada, no prueba bocado. Se pasa el día en una esquina de la muda, tembloroso y triste, evitándole la mirada a Helíaca.

La joven prima apenas repara en él. Sólo piensa en ponerse fuerte para escapar en cuanto se le presente la primera oportunidad. Su plan es sencillo: esperar el momento en que Ramón y Amparo abran la puerta para escabullirse y remontar el vuelo. Se obliga a sí misma a pensar que esa situación acabará presentándose, y sabe que no podrá aprovecharla a menos que esté en plena forma. Así que se pasa el día ejercitando las alas. Vuela de la alcándara al suelo y del suelo a la alcándara, una y otra vez ante la mirada de Rogelio, que sigue sus movimientos con la cabeza como hipnotizado.

Helíaca pasa las noches con un ojo abierto y el otro cerrado, esperando que regrese el tejón en otra de sus misiones imposibles para sacarla de allí. Pero Meles Meles nunca regresó a la muda. Ni siquiera en sueños.

XVIII
VUELO CON FIADOR

El destino siempre es inoportuno. Siempre nos castiga o nos premia en el peor momento. Y eso es exactamente lo que sucedió: cuando parecía que se pasaría el resto de sus días viendo el cielo a través de un tragaluz y poniendo huevos como una gallina al lado de un torzuelo cobarde y estúpido, Amparo y Ramón deciden soltarla.

La llevan al campo en brazos con una caperuza de cuero. Cuando se la quitan, se ve a media ladera de una colina. Al ver aquellos campos ante ella siente un vértigo extraño. El monte es un jeroglífico de peligros; el cielo, una amenaza de infinitud.

Ahí fuera yo te muero,
yo te muero.

A la de tres la arrojan al aire: Helíaca bate las alas con todas sus fuerzas pero apenas consigue ganar altura. Va escorándose a la derecha hasta que, de pronto, siente una sacudida en las patas. Helíaca cae sobre un lecho de cardos con las alas abiertas. Se mira las patas y ve unas pihuelas[21] de cuero atadas a un cordel.

«¿Y esta gentuza a qué juega?»

Aquellas sesiones de vuelo con fiador[22] continuaron durante varias semanas al cabo de las cuales, en vez de sacarla en brazos empezaron a llevarla sobre un guante de cuero, cosa que Helíaca agradeció. Los vuelos se fueron haciendo más y más largos hasta que, una tarde, al regresar al centro después de una sesión de ejercicio, la cebaron un conejo entero y le pusieron una anilla en la pata derecha.

Cuando pasan a recogerla al día siguiente, aún no ha terminado de digerir la pieza. Al oírlos llegar, mira por última vez a Rogelio que la observa con una expresión de admiración y de ternura.

—Adiós, mi niña.

Helíaca no le contesta.

En cuanto cubren el tragaluz de la muda, se deja poner la caperuza y, con el buche aún lleno, la hacen subir al puño de Ramón que, como siempre, la agarra muy corto. Esta vez, sin embargo, no salen a pie. La llevan a un coche.

Helíaca había visto desde el nido, a lo lejos, los vehículos todoterreno de la guardería del Monte del Pardo recorriendo los caminos de tierra, pero eso es todo. Al sentir las vibraciones de aquel artilugio, le da un ataque de pánico y empieza a debatirse. Ramón y Amparo se gritan el uno al otro. Helíaca nota cómo se le chasca una pluma del ala derecha.

«*Tranqui*, Helíaca, *tranqui*».

Debatirse no sirve para nada, así que espera a que esos dos la vuelvan a colocar en el puño. Le duele mucho el ala. ¿Se le habrá roto? No tardará en comprobarlo.

Helíaca siente los dedos calientes de Amparo soltándole las pihuelas de las patas. La agarra del pico, cosa que le fastidia sobremanera. Y luego le da un beso en la cera. Helíaca se revuelve y agarra a la mujer de la muñeca. Siente cómo las uñas penetran en la carne, siente cómo rozan los tendones, tensos como cuerdas de guitarra. Helíaca escucha el grito de Amparo. No le parece un grito humano. Le recuerda a los bramidos de los ciervos, al grito del verderón en las garras del alcaudón real. Helíaca aprieta, no puede evitarlo y nota los dedos de Ramón extrayendo los suyos propios, uno a uno, de la muñeca de Amparo.

Vuelta al centro. Esta vez la meten en una muda diferente, más pequeña, sin apenas luz. Permanece allí dentro horas y horas sin comida. Llega la noche. ¿Se habrán olvidado de ella?

A la mañana siguiente vuelven. Vuelta a poner la caperuza. Vuelta al coche que vibra y se mece de un lado a otro por los caminos. Al final le quitan la caperuza y se ve en lo alto de una loma suave, no muy empinada, y un barbecho salpicado de retamas que desciende hasta una chopera al fondo de un barranco. A la derecha, millares de estorninos ruedan como un cilindro gigante sobre una rastrojera de avena.

Helíaca no mira a Ramón y Amparo. Sólo mira adelante; mira el mundo que la rodea con inquietud. Ladea la cabeza y descubre dentro de un zarzal una camada de gazapos correteando entre las sombras; abre y cierra las pupilas y las clava en una enorme culebra de escalera enroscada sobre la pared de cemento de una charca junto a un manantial, en lo hondo de Barranco Hondo. Y luego arriba, a lo alto, oye una cuadrilla de torcaces cortando el viento con sus alas de acero, *fiii fiii fiii.*

Helíaca mira todo excepto a Ramón y Amparo hasta que, de pronto, los ve. Los ve y salta y se desliza ladera abajo con las alas muy quietas, sin mirar atrás, sin pensar ni una sola vez en la especie, ni en los biotopos, ni en la responsabilidad de las águilas modernas.

«¡VAMOS, HELÍACA! ¡VAMOS!»

XIX
EL MULADAR

Helíaca avanza por el aire como un equilibrista en la cuerda floja. Casi no se atreve a moverse por temor a hacer un raro en el aire y caer al suelo hecha un garabato, como dicen que le pasó a Santos Pistacho, el alcaraván[23] de Burgos. Así que deja las alas muy quietas y empieza a ascender sobre la alameda. ¿A ascender? No. Era el terreno el que iba cayendo a medida que el águila se acercaba al barranco.

Al cruzar al otro lado se da cuenta de que ha estado perdiendo altura desde el principio. Y no tiene ninguna intención de pararse. No tan cerca de los hombres, que jamás dejaron de causarle terror. No quería posarse en el suelo tan cerca del enemigo, ni le apetecía que Amparo y Ramón tuvieran que rescatarla y que volvieran a darle besos en la cera.

«¡Qué asco!»

Helíaca bate las alas suavemente acariciando el aire con la punta de las remeras, pero lo único que consigue es ir más rápido, no más alto. Hay que volar con más decisión.

Helíaca alza la cabeza, tensa los hombros y da una serie de potentes aletazos.

Se escora a la izquierda.

¡Yepa!

Por alguna razón, la joven imperial tiene más fuerza en el ala derecha. Consigue enderezar el vuelo compensando el esfuerzo, pero enseguida se le empieza a agarrotar el hombro. Helíaca no podrá aguantar así mucho tiempo.

Al noroeste, un milano negro patrulla sobre una carretera en busca de animales atropellados. Los milanos son fáciles de reconocer en la distancia porque van siempre husmeando por los arcenes. Y porque no tienen las alas rectas como las águilas, sino angulosas, y la cola ahorquillada.

«¡Claro, la cola!»

Se le había olvidado que en la popa lleva un estupendo abanico de timoneras. Da un golpecito de cola a un lado. Luego al otro. ¡Perfecto! Usar el timón es mucho menos fatigoso que corregir haciendo un sobreesfuerzo con el ala débil. Pero lo más importante es haber aprendido a timonear.

Kiaaa kiaaaa

Un buteo[24] pasa de lo oscuro a lo claro de las nubes sin apartar la mirada de Helíaca. Es una advertencia llena de nervios y de miedo. Al águila no le preocupa demasiado. Lo que quiere saber es cómo carracas se las habrá apañado para subir hasta allí arriba con unas alas tan cortas. A pesar de su gran envergadura, Helíaca no logra ganar altura. Por mucho que bate las alas, apenas logra remontar unas cuantas brazadas por encima de los árboles.

Exhausta, se deja llevar a vela monte adentro empujada por la brisa del atardecer. A medida que se desliza empujada por los vientos, va descubriendo la delicadeza de sus grandes brazos de águila y va explorando el innumerable abanico de micromovimientos que, desde el álula[25] hasta el hombro, matizan su vuelo.

Una colonia de buitres leonados va surgiendo de la nada. Uno a babor, dos en paralelo por encima, y seis o siete más muy por encima de aquéllos. Los buitres aparecen por todo el espacio en círculos abiertos y cerrados, a reloj y a contrarreloj, en lentas pinceladas de gris sobre azul. Finalmente convergen hacia una hoya rodeada de montañas al fondo de un valle. Helíaca decide comprobar qué hay allí.

El muladar está junto a un cortado, en una cornisa a la que sube, por la cara opuesta, un camino de piedras medio escondido entre las jaras; un camino hecho por los hombres para llevar animales muertos y despojos de carne para los buitres.

El viento sopla desde la llanura y corre entre los montes, que lo van encerrando en la hoya y busca el cielo pegado a la pared del cortado. Al llegar arriba, el aire frío se derrumba como una ola gigante sobre la sombra de la montaña. Es un lugar peligroso lleno de turbulencias y remolinos que los buitres conocen bien.

Helíaca no. Ella sólo piensa en ese muladar y en la promesa de un bocado fácil; vuela cediendo la altura justa a cada tramo para llegar a la cornisa sin tener que hacer ninguna maniobra brusca de última hora, en absoluto silencio, con el viento de cola, más y más rápido a medida que el valle lo comprime. No se da cuenta de que, en el aire, el silencio es un mal presagio: la colosal pared de granito se le viene encima.

Helíaca mete los codos lentamente para iniciar el descenso, pero al bajar las aguaderas, el viento de cola la empuja con más fuerza aún contra las rocas. Y entonces, la corriente vertical la catapulta frente a la áspera pared del cortado.

Mantiene el equilibrio a duras penas y logra trasponer la cuerda y descender al otro lado, hasta el brazo pelado de un esqueleto de pino situado a sotavento del cerro. Desde allí observa las inauditas maniobras de los buitres para llegar al muladar desde la cara norte. En vez de ir, como ella, de frente y con el viento de cola, se deslizan lentamente desde la ladera opuesta y asoman el pico al vendaval sin cambiar apenas el rumbo. Luego hacen una maniobra imposible: vuelan en diagonal y hacia atrás, siempre con el pico al viento, que en vez de chocar contra sus alas fluye a través de ellas dibujando olas por debajo de sus enormes plumas digitadas. Todo esto lo hacían los buitres con gran temple, engañando al viento, que los va colocando uno a uno en la cornisa del cortado, junto al muladar.

—Valor no te falta —murmura con una voz dulcísima un ojeroso buitre desde la otra rama del pino—, pero al final va a ser cierto eso de que las águilas sois idiotas.

Helíaca no le dice nada. Ha hecho el ridículo y lo acepta. Además está muerta de hambre. Y de miedo. Y si quiere llegar al muladar a reponer fuerzas, no le vendrá mal tener algún aliado.

—Me llamo Luctuoso —dice—, Luctuoso Oliván, y sé cantar. ¿Puedo?

—¿Cómo?

—Sé hacer la alondra, la calandria, el serín serrano[26] y los mirlos común y zorzaleño[27] —presume mirando de reojo para asegurarse de que nadie le oiga.

—No se lo diré a nadie —le tranquiliza Helíaca—. Adelante con el serín.

El afeminado y apestoso buitre camina torpemente hasta el extremo de su rama equilibrándose con su enorme envergadura, mira a su alrededor y tras comprobar que nadie lo mira, abre un poco las alas y entona un estridente fraseo de verdecillo.

—Lo has clavado, Luctuoso. ¿No sabrás hacer la cogujada[28]?

—Puedo intentarlo —contesta con fingida inseguridad, y se arranca con la siguiente retahíla:

Pepe tío, ¿te pepites?
¿Te pepites, Pepe tío?

—Bravo, Luctuoso.

—El chochín[29] me sale bastante bien —dice entusiasmado con su impropia vocecilla de acentor[30]—. ¿Quieres que...?

—Me encantaría oírte —le dice Helíaca—, pero tengo que ir a buscar comida.

Luctuoso se compromete a proporcionarle toda la carroña que quiera si echa la tarde con él. Después de oírle mirlear, chochinear y colirrojotizonear, el buitre le enseña el camino hasta el comedero de los buitres; pero no volando, ya que Helíaca aún no se atreve a enfrentarse con las corrientes de la olla. Va de árbol en árbol tras el tremendo buitre leonado, que avanza de rama en rama y de trino en trino felicísimo de tener, al fin, alguien con quien compartir su desnortada vocación y con quien colmar su voraz apetito de afecto y reconocimiento.

Helíaca llega por detrás del buitre que, ante la presencia de su calaña, carraspea y calla. Helíaca se acerca a una distancia prudencial del muladar, mientras las carroñeras se ceban sobre un burro muerto entre bufidos y amenazas que nunca llevan a término.

El burro está totalmente cubierto de buitres que se atropellan unos a otros con las alas entreabiertas en busca de un hueco por donde meter el cuello hasta el fondo del cadáver. Desgarran con impaciencia el cuero del animal y meten la cabeza hasta las entrañas. Gúlliver, el alimoche, contempla la escena satisfecho, mientras decenas de urracas y grajillas esperan su turno en la carroña.

Todos están tan centrados en el manjar que ni siquiera advierten la presencia del águila.

De entre la maraña de pescuezos marrones despunta la cabeza oscura de un enorme buitre negro. Los demás son buitres leonados muy parecidos entre sí. Todos salvo uno, viejo, flaco, tuerto y malhumorado que trata de hacerse un hueco junto al cadáver.

—Ese es el Séneca —le sopla Luctuoso—. Cuidadito con él.

A medida que se atiborran de carne putrefacta, los buitres se apartan de la carroña y trotan cuesta abajo con las alas abiertas y el pico al viento, hasta que el aire los eleva y los vuelve a hacer ligeros.

Al final solo queda la piel del animal, las costillas y las cañas. Las urracas y los ogralíbares se acercan a comerse los últimos pingajos de grasa. Y ya al final entra el Séneca quien, durante el fragor del banquete, acabó pisoteado y expulsado por los demás.

De pronto, los córvidos salen despavoridos. Sólo permanece el Séneca, que trata de engullir un hueso entero sin inmutarse por la presencia del tejón.

—¡Venga, venga! ¡A comer alpiste, que ha llegado el tío Meles!

—¿Meles? ¿Meles Meles? —pregunta Helíaca.

—Sí, Meles. ¡Meles Meles!

—¿Qué haces tú aquí? —le dice el águila.

—Esta es tonta —responde para sí mientras troncha una costilla de burro con las muelas—. Pues comer porquería, ¿no lo ves?

—Pensaba que sólo existías en sueños.

—Yo existo donde me da la gana —le dice—. Por cierto, ¿a ti no te habían comido los perros?

—No, esa fue Genoveva.

—Ah, tú eres la otra. No me digas tu nombre que lo tengo en la punta de la lengua.

—Helíaca.

—Y yo soy Ares —dice el buitre negro, que escucha la conversación de cerca—. Bienvenida al muladar.

—¡Estos bichos no han dejado ni los tuétanos! —protesta Meles Meles sin hacer ni caso al vocero de la carroña—. Anda, Hemísfera, o como te llames, por qué no me traes un corzo de esos que dicen que cazas.

Sin esperar a que diga nada, el tejón empieza a olisquear la tierra con frenesí.

—¡Albricias! —dice—. ¡Ah! ¡Ah! ¡Ah! *Morchela esculenta.* ¡Aaaah! Las colmenillas, ya están empezando a salir en Peguerinos... *snif, snif...* entre la cañada y el pino viejo.

Nadie sabía, ni a nadie le importaba en realidad, que para Meles, el paraíso fuera cualquier pinada o huerto que albergara colmenillas, unas extrañas setas que el mustélido melanoglauco es capaz de oler a millas de distancia y a un palmo por debajo de la pinocha, o sobre la tierra labrada si les da por salir en huertos de manzanos.

Al darse cuenta de que había desvelado su secreto, el tejón se quedó mirando a las rapaces con un gesto de abatimiento.

—Juradme que no se lo vais a decir a nadie. Juradme que vais a mantener el secreto.

—Vete a tus setas —dice el tétrico Ares—. Somos una tumba.

Ares es quien manda en la colonia de buitres, siempre pendiente del coche amarillo de Zamarreño que sube del pueblo con despojos del matadero. Sí, la comida es abundante, por lo que ni Ares ni ningún otro buitre de la colonia pone pega alguna.

Allí seguirán Póstumo de Mier y su señora, Doña Ópera Roña, una buitresa afable y cordial siempre que la trataras de usted; Piogil Coli, un pestilente galán expulsado, quién sabe por qué, de la buitrera de Urbasa; Cocoroto, un buitre fugado de un espectáculo de rapaces en Aldea del Fresno y, por supuesto, el bueno de Luctuoso, un buitre triste porque en el fondo hubiera querido ser alondra.

El muladar le viene de maravilla porque la primera experiencia de vuelo libre casi le cuesta la vida. ¿Y para qué va a arriesgarse Helíaca a despeñarse por algún monte si allí tiene toda la comida del mundo? Lo único que tiene que hacer es preocuparse de esconderse en la espesura cuando Zamarreño llega con su furgoneta llena de despojos. Eso y aguantar a Luctuoso, que se pasa el día queriendo cantarle cosas a escondidas.

—¿Nos vamos al otro lado de la montaña? —susurra—. Aún no me has visto hacer el zorzal charlo[31].

—Mañana, Luctuoso, que hace mucho viento.

—Tampoco es para tanto, hija —responde—. Ni que fuera un nimbogruel.

—¿Un nimbo... *qué*?

—Nimbogruel, nimbogruel. Son nubes monstruosas que te tragan y te mastican.

—Eso no existe.

—Vaya que sí. A mí y a mi hermano Saúl, muy artista él también, por cierto, nos tragó uno hace varios veranos —dice Luctuoso—. Íbamos, lo típico, a lo nuestro, mirando hacia abajo en busca de carroña y cuando quisimos darnos cuenta, lo teníamos encima.

Luctuoso se queda callado, con la mirada perdida.

Pasados unos instantes se arranca de nuevo con una voz ronca e irreconocible, nada que ver con su habitual falsete de viento madera.

—Lo intentamos todo, hasta bajar en picado; pero por mucho que apretábamos los hombros, la nube tiraba de nosotros hacia arriba. Al final decidimos hacer un torno muy amplio, como nos había enseñado nuestra madre, y salir a lo azul por un margen de la nube. Nos separamos. Yo quedé en el lado de fuera del círculo y Saúl en el de dentro. Yo le gritaba, "¡abajo, *desgraciau*, abajo!" Imposible que me oyera. Yo entré y salí de la nube por una esquina, y aparecí por encima. Sobrevolé el nimbo por arriba, hasta que la nube escupió a cielo abierto los despojos de mi pobre hermano.

El Séneca aparece suspendido en el aire, quieto. No se sabe cuánto tiempo habrá estado allí arriba escuchando. Se queda cernido sobre la roca con el ojo bueno cerrado.

«¡Está volando a ciegas!»

—Oye, ¿cómo lo hace? —le pregunta Helíaca a Luctuoso.

—Cómo hace qué, ¿volar de oído? —dice—. El truco es estar siempre muy pendiente de lo que dice el viento y, para eso, tienes que ir con él de cara. Si ves que se calla, lo único que tienes que hacer es ir virando hasta oír ese *uuuum*.

—¡Mucho morro! —grita el Séneca posándose en el suelo—. Tú lo tienes muy claro, ¿no? Lo de vivir por la cara, digo.

—Se quedará el tiempo que quiera —responde Luctuoso, que se acerca a brincos haciendo retroceder al tuerto hasta las jaras. Y entonces...

¡Ay! ¡ay! ¡ay!

La silueta rota de un buitre herido asoma por la cara norte de la montaña. Llega con una pata colgando y la otra recogida en un puño. Al aterrizar le falla la pata buena y se da de panza contra el suelo. Tiene una costra de sangre en la cabeza y una expresión de espanto en la mirada.

—¡Tanatos! —exclama Ares examinando con su penetrante y negra faz al maltrecho buitre—. ¿Qué ha pasado?

—¡El pastor! ¡Ha sido el pastor! —dice el carroñero con la voz quebrada mientras varias docenas de buitres bajan del cielo para enterarse de todo.

—Imposible —le responde el buitre negro—. Son precisamente los pastores quienes nos suben las carcasas. ¿Seguro que ha sido un pastor?

—No ha sido un pastor cualquiera, Ares, ha sido *el* pastor —responde Tanatos—, ¡Zamarreño!

Murmullo de estupor.

—¿Zamarreño? —pregunta Cocoroto.

—¡Zamarreño! —exclama Piogil Coli.

—¿Cómo que Zamarreño? —dice incrédulo Luctuoso.

—Pues os digo que era él —responde el pobre Tanatos, casi más enfadado porque pusieran en duda su palabra que por los palos que llevaba en el cuerpo.

Ares: —¿Cómo ha sido?

—Estaba yo tan tranquilo comiéndome una raposa muerta al lado del Camino Real, cuando de repente sale el Zamarreño detrás de una roca y me tira el callado.

—Esto solo tiene una explicación —dice Ares poniendo más cara de buitre que nunca—. Alguien ha atacado a los terneros.

El buitre tuerto da un paso adelante, ladea la cabeza y mira a Ares con su único ojo.

Helíaca se sube a una rama mientras los buitres de la colonia forman un corro.

—¿Y por qué crees que uno de nosotros iba a hacer algo así? —le dice Cocoroto—. Tenemos comida de sobra en el muladar.

—Algo muy grave ha tenido que pasar para que Zamarreño nos suba un asno al muladar y al día siguiente la emprenda a palos con nosotros —dice Ares.

—No nos confundamos, por favor —responde el Séneca enfurecido—. Aquí lo grave es que Tanatos dé con un fiambre y se lo quede para él solito. Porque aquí es uno para todos y todos para uno. ¿O no?

—¡Pero si no era más que un pellejo de zorra! —se justifica Tanatos con la voz ahogada.

—¡Dábale el abad! —parlotea una urraca, que sale de una zarza y se pone a brincar alrededor del Séneca.

— ¡Acabad con él! ¡Acabad! ¡Acabad con él! ¡Acabad!

El tuerto hunde la cabeza entre los hombros y se pone a temblar.

> *Raca, raca —grita la urraca—.*
> *El Séneca atacó a una vaca*
> *por la tarde mientras paría.*
> *Con el pico mató al ternero,*
> *e intentó comérselo entero,*
> *y viendo, pues, que no podía*
> *avisó el muy cuco a una piara*
> *de blanquinegros cerdalíes[32]*
> *para comer lo que quedara*
> *y cargarles su fechoría*
> *injustamente, por la cara,*
> *sin advertir que yo lo espiaba.*
> *"Raca, raca", le dije al dueño,*
> *"no te lo creas, ni te fíes*
> *que no han sido los cerdalíes,*
> *que fue el Séneca, Zamarreño".*

La colonia de buitres leonados hierve de indignación.

—¿Sabéis lo que quiere decir esto, verdad? —dice Luctuoso—. Adiós al muladar.

—Tienes suerte de que sólo te hayan dado un bastonazo y no un tiro —apunta el prófugo Cocoroto.

—Has puesto al pastor contra nosotros —reprocha Ares al Séneca—. Ahora ya no podremos estar tranquilos cuando bajemos al valle. Y cada vez que encontremos un animal muerto, nos arriesgaremos a que...

—¡Agua! ¡Agua!

Tanatos cae de costado sobre la tierra con el pico entornado. El áspero roce de sus plumas temblorosas lo dice todo. El buitre cae de costado y estira el cuello hacia adelante, como si intentara meter el pico en una jugosa carcasa que sólo él ve en sueños.

—Ahí va —observa Cocoroto—. Espichóla.

—¡La raposa estaba envenenada! —dice Ares.

El círculo de buitres se empieza a cerrar alrededor del Séneca.

—¿Y desde cuándo nos fiamos de las urracas? —grita el tuerto.

—Esta vez ha dicho la verdad —responde Ares—. Has sido tú.

—Tú no eres quién para juzgarme —replica el viejo—. Ni siquiera eres uno de los nuestros. Y además, yo tendré un solo ojo pero trabajo como los demás. Y aunque sea el primero en encontrar un animal, siempre tengo que cederte el turno a ti y a tu cuadrilla de amiguitos.

—Sí, pero al final...

—¡Al final qué! —le replica el Séneca. —Al final soy siempre yo el que se queda último, engañando la tripa a base de cueros y tendones.

—Ya te hemos oído, Séneca —dice Piogil.

Los buitres acortan más las distancias con el tuerto, que retrocede hasta una roca grande cubierta de líquenes secos. Helíaca decide salvarlo.

—¡La urraca dice la verdad! —dice el águila.

—¡Tú a callar! —grita el Séneca entre furioso y asustado.

—¡Dejadle hablar! —le interrumpe Ares—. ¿Cómo lo sabes?

—Porque yo le vi matar otro ternero en una finca cerca del Escorial.

—¡Embustera! —bufa el Séneca.

—¡Cállate! —ordena Ares—. ¡Que hable el águila!

—Fue hace unos días en una vaguada cerca de la casa del guardés —dice—. Pero yo creo que aún no lo han visto.

—En cuanto lo descubran, nos van a caer palos por todas partes —se lamenta Luctuoso.

—Aún estamos a tiempo —responde Helíaca—. Lo único que hay que hacer es llegarse allí y arrastrar la carcasa hasta un pozo seco que hay detrás de unas zarzas. No está lejos.

—¡Tú estás loca! —dice Luctuoso—. Acercarse tanto a la casa es un suicidio.

—Yo me encargo —dice Helíaca—. Pero aunque sólo quede un pellejo lleno de huesos, es demasiado peso para mí sola: necesitaré un voluntario.

Se quedan todos callados mirando hacia abajo. Es Cocoroto quien, finalmente, muerde el anzuelo.

—¡Que vaya el Séneca!

—Eso, que vaya el Séneca —repite Ares—. Y que no vuelva nunca más.

El tuerto se queda mirando a Helíaca muy quieto sin decir ni media palabra.

—Ya has oído —le dice el águila—. Tú delante.

Se acercan a la cornisa, despliegan las alas y se alejan con el pico al viento, muy despacio y sin mirar atrás.

XX
MONTAR DE COLA

La copla de rapaces vuela sobre el cauce de la barranca aguas arriba a escasa distancia la una de la otra. El Séneca no le pregunta por qué lo salvó, pero Helíaca quiere saber si eran ciertas las acusaciones de la urraca.

—¿Mataste al ternero?

—Sí.

—Yo pensaba que los buitres teníais prohibido matar animales.

—¿Y eso quién lo dice?

—Es la ley de la dehesa.

—La ley de la dehesa es la ley del hambre, niñata.

—Pero...

—No me vengas con gavioteces. Si un buitre no encuentra carroña, mata. Y si un águila no mata, encuentra carroña. ¿Es o no es?

El Séneca sólo parece preocupado por encontrar algo que llevarse a la boca. Va mirando en todas direcciones con su ojo lacrimoso y cansado de hacer siempre el trabajo de dos. Y, ahora, apartado de sus hermanos, desterrado para siempre de la colonia, tendrá que hacer el trabajo de doscientos. A dónde irá. Qué hará. Helíaca lo ve posarse al socaire de una gran roca. Decide acompañarlo.

—Hace años que no veo una imperial por estos montes —dice—. ¿Qué eres, del Pardo?

—Sí, de las torres del Trofas.

—¿Pero tú no te habías quemado viva?

—Más o menos.

—Entonces, serás hija del Gran Adalberti.

—¿Le conoces?

El Séneca no responde. Se queda ahí jadeando, guiñando con fuerza el párpado del ojo tuerto, como si le escociera por dentro.

—¿Le conoces? —le insiste el águila—. ¿Sabes dónde está?

—*ARROZ A LA ZORRA* —grita la urraca del muladar.

—Lárgate —le dice Helíaca—, ya has hecho bastante mal por hoy.

—*Apaput, ojo le ocas el. Apaput.*

Helíaca no entiende nada.

—¿Eh? ¿Upupa? —le pregunta—, ¿el apaput de Elche?

—Tu papá le sacó el ojo. Tu papá.

—¡Como llame a Aurora te vas a enterar! —le dice el águila.

Con solo oír el nombre de la gavilana, la urraca da un respingo y se escabulle hacia la espesura saltando de rama en rama como una garduña.

—*¡DÁBALE EL ABAD, DÁBALE EL ABAD!*

El Séneca se queda callado.

—¿Es eso verdad? —le pregunta al buitre. La urraca gritó desde la espesura:

> *Es cierto, lo juro, es cierto.*
> *Tu papá lo dejó tuerto.*
> *¡Pregúntale a Ópera Roña,*
> *qué pasó en la carroña*
> *un día de hielo y hambre,*
> > *uña,*
>
> *garra,*
> > *ojo,*
> > > *sangre!*
> *¿De águila qué torzuelo*
> *al Séneca llevó al suelo*
> *y dejólo medio muerto*
> > *puño,*
>
> *garra,*
> > *ojo tuerto?*
> *¡Buitre roto! ¡Buitre kaput!*
> *¡Tu papá fue! ¡EUF APAPUT!*

—Séneca, yo...

—Vete a hacer puñetas, águila —murmura el buitre con amargura.

—Ya me voy, buitre, pero antes quiero que me digas dónde está mi padre.

—Tu padre está muerto.

—¡Pero cómo lo sabes!

—¿Acaso aparecen los muertos? —dice el Seneca.

—No.

—Y tu padre no ha aparecido, ¿verdad?

—No.

—Pues ahí lo tienes, está muerto.

—¡Mientes! —grita Helíaca—. ¡El Gran Adalberti se ha ido a ver la dehesa del mundo!

—¡*Fuch!* —bufa el viejo carroñero con un gesto amenazador.

Helíaca se deja caer desde la roca y se desliza barranco abajo con las alas apretadas. En seguida se le ponen a cola tres o cuatro ogralíbares. Intenta hacer un rizo y trincar a uno de ellos, pero adivinan sus intenciones y se apartan en un quiebro fugaz seguido de insultos y estridencias.

OH, TU PAPÁ, OH, APAPUT...
EL ÁGUILA O LÁGUILA

Los córvidos observan que el vuelo de Helíaca es una diagonal que va de arriba a abajo, de más a menos... ¿de vida a muerte? Se la imaginan al final de esa línea descendente, garra en tierra, aturdida y humillada, *vivibunda*. Media docena más de ogralíbares se suman a la turba inicial y tratan de precipitar el desenlace.

Helíaca gira la cabeza en busca del cielo y ve por encima de los córvidos al buteo, que marca el territorio desde la altura.

Kiaaa kiaaa

Helíaca bate las alas para remontar hasta el buteo, pero no puede, no puede... ¡NO PUEDE!

Vuelve a dejarse caer. Y entonces, al verla remontar y caer por la uve invertida, las urracas que se habían unido al enjambre cinéreo de ogralíbares, se suman también a la mofa:

¡Qué ave tan especial!
¿Es un águila torcaz?
¿O un palomino imperial?
¡No es capaz la rapaz!

—¡Un águila torcaz! —se ríe uno de los ogralíbares.

El águila desciende por la garganta como si descender fuera la única manera de soportar el peso de la muerte de su padre. El Gran Adalberti muerto. Helíaca se lo imagina medio sepultado, un brazo de tierra roja sobre su hombro blanco. El Gran Adalberti, muerto. Helíaca se imagina su cabeza vuelta hacia el suelo, como si le diera vergüenza mirarle a la cara y reconocer su derrota. ¡Pero el Gran Adalberti es inmortal! No. Está muerto, los muertos no aparecen.

—¿Se puede saber qué haces? —grita el Séneca una brazada por encima—. ¡Venga arriba!

Helíaca alza la cabeza hacia el ratonero, que sigue haciendo tornos por encima, y empieza a batir las alas con fuerza para alejarse de la tierra.

«La tierra es para los muertos».

El buitre le grita, le insiste, le implora casi que suba.

Helíaca está demasiado fatigada, no puede responderle.

—*¡No es capaz la rapaz!* —bufa a rebufo la urraca.

—*Rapaz incapaz* —le rima otra.

El buitre mira al águila apurado.

—Estás llena de saín —dice.

—¿Cómo?

—Que tienes más gordura que el pellejo de una merina. Y además estás montando de cola, ¿es que no te han enseñado a hacer tornos?

—¿Como que tornos?

—¿Pero tú de dónde has salido? —dice el buitre—. Anda, ven conmigo.

—¿A dónde?

—Tú cierra el pico y obedece.

Helíaca cierra el pico. Obedece.

El buitre gira a poniente hacia un roquedo en medio del monte. Trata de enseñarle que al cielo no se puede subir montando de cola, o sea, a pulso; que el truco está en ir con el pico al viento y en llenar las alas de vaho.

—¿Ves esas planchas de ahí abajo? —pregunta el buitre, y sin esperar a que el águila le responda le dice: —Cuando notes el aire caliente que sube, busca el viento con el pico y cada vez que se te escape, tú da un golpecito de timón.

Ahí están las planchas. Forman un gran lecho de granito a media ladera. Al pasar por encima, una patada de aire le descoyunta el vuelo. Bate las alas para enderezarse pero eso empeora aún más las cosas.

—¡Escucha el viento! —grita el Séneca.

Esta vez, en vez de pelearse contra la columna de aire, Helíaca relaja las alas y timonea buscando la voz del viento, hasta que logra estabilizar el vuelo en un murmullo sostenido. Sube, al fin, en un círculo amplio sobre las rocas recalentadas por la solana.

—Bien, niña, bien —jalea el buitre desde arriba descolgando el cuello por debajo de su ancha envergadura—. Ahora no te vayas a salir de la térmica.

—¿Eh?

—¡Que escuches al viento, me jiño en la jara!

Helíaca lo entiende al fin. Lo único que tiene que hacer es mantener el timón fijo y describir círculos, o tornos, que diría el Séneca.

Al mirar hacia abajo siente una sacudida de vértigo. El Séneca, que está pendiente de todos sus movimientos, la corrige con severidad y le recuerda que los ojos tienen que mirar siempre al horizonte y, en todo caso, nunca a aquello que se quiere evitar.

—Si no te quieres chocar contra algo, no lo mires —le dice haciendo lo que mejor hacen los buitres, que es encogerse de hombros.

Helíaca sigue su consejo y reposa la mirada en los montes y las llanuras que van abriéndose a medida que asciende en la vaporosa espiral de calor. Cuanto más se eleva, más se disipa la sensación de vértigo. Todo se vuelve plácido y sólo el silbido del viento interrumpe el silencio.

Con el envés de las plumas iluminado desde abajo por el sol del atardecer, y esos nimbos oscuros al fondo inflándose de dentro afuera en azulados borbotones, hasta el Séneca parece un ave celestial. Los dos siguen subiendo en los extremos opuestos de un gran círculo ascendente.

Helíaca no tarda en llegar a la altura del buteo.

Al fin, cara a cara.

—¿Decías algo?

—No, nada.

—Ah, bueno.

El ratonero se sale de la térmica y ahora es Helíaca quien lo mira a él desde arriba.

Aquí sí.

Aquí es.

Por aquí es por donde pasan las águilas. Y ahora es ella quien dice:

«*Auk, auk, auk*»

¿Y el Séneca? El Séneca apretó la cola, estiró las alas y se lanzó en línea recta hacia un chisporroteante nubarrón.

Helíaca jamás volvió a verlo.

XXI
ALTO VUELO

El nimbo morado suelta su negra crin de granizo sobre los montes que se extienden en todas direcciones. Un horizonte circular como un aprisco gigante encierra los campos, con sus pueblos y montañas, con sus gentes, claro, y animales, y aves de toda clase; desde lo alto, Helíaca puede ver y observa las procesiones de automóviles que interrumpen con su murmullo uniforme la ondulada continuidad de los campos; puede ver una colonia de grajillas adornando los fresnos de un prado de vacas retintas, y una lagartija asoleándose en una valla de piedra; observa una polilla borracha de luz volando hacia el Sol con una fe infinita, y una culebra de escalera a la que asoman por la boca las ancas asimétricas de un sapo de espuelas; y tres gazapos jugando sobre una chapa de metal oxidado; y una perca, un palmo por debajo del agua, estudiando los ojos de la garza que la rececha entre los juncos.

Helíaca hubiera querido ver un águila imperial pero no

pudo. Recordó las palabras de su madre: "soy tú, eres yo", y se volvió a preguntar si ella sería la última imperial de la gran dehesa del mundo.

Helíaca ve llegar de lejos un torzuelo de halcón peregrino batiendo sus afiladas guadañas. Se le pone en paralelo y dice:

—Esta temporada llevo catorce torcazas, seis urracas, un estornino pinto, una ortega[33], siete cotorras y de zuritas ni te cuento.

Lo dice a toda velocidad, sin presentarse, sin preguntarle a Helíaca su nombre, y sin dejarle decir ni *auk*.

—Por cierto, ahora que estoy emballestado[34], ¿quieres verme desemballestar? ¿Quieres verme hacer un picado *buru-tal*? De verdad, no me importa, ¿sí? Mira, por ahí pasa un malvís[35]. *One, two, three...* ¡Voy!

—¡Espera!

Demasiado tarde. El halcón se lleva las puntas de las alas a la base de la cola y describe una diagonal vertiginosa hacia el suelo. Al rato vuelve de vacío.

—Lo tenía, lo tenía —dice—, pero se ha embarrado[36] en la maleza y cuantas más pasadas le daba, más se pegaba al suelo, pero no pasa nada, ¿eh? En cuanto empiecen a llegar los abejarucos de las colmenas, pillo uno fijo. ¿Que no? ¿Que no?

«Que se calle, por favor».

—¿A dónde vas? —pregunta—. Perdona, no me he presentado. Me llamo Neblí. Tú debes ser Helíaca, la de las torres de El Pardo, ¿no?

—Sí.

—Te felicito, ya sabes, por haber sobrevivido y todo eso, que ya me he enterado. ¿Sabes? Yo también nací en una torre; una torre enorme, en Madrid, con forma de... con forma de... Bueno, no sé con forma de qué.

El halcón le pregunta si tiene hambre.

«¿Y quién no tiene hambre?»

Helíaca asiente en silencio.

—¿Quieres que bajemos a cazar tú y yo? ¿En copla?

—¿En copla?

—Claro, entre los dos. Tú me levantas la pieza y yo le caigo encima.

Helíaca no se siente capaz de cazar nada y menos aún en copla con un halconcito urbano, pero no tiene nada que perder.

Neblí le enseña el prado por donde quiere que dé la batida, un erial reseco con alguna que otra retama. En la parte baja, junto a un cauce agostado, el pasto es demasiado alto, pero el resto es casi todo musgo seco y hierba rala del año anterior. Desde lo alto divisan varias perdices, pero les descubren y se refugian en la cepa de una retama.

—No te preocupes, en cuanto dejen de vernos, esas vuelven a salir, fijo —dice Neblí—. Mira, vamos a hacer lo siguiente: tú baja hasta la vaguada esa de allí al fondo y pósate al otro lado de la loma procurando dar el cante lo menos posible. Yo voy a subir a lo más alto de la térmica y voy a quedarme haciendo tornos encima tuyo.

—¿Y las perdices?

—Tranquila, que yo no las pierdo de vista. En cuanto me veas caer en picado, tú traspón la loma y cruza el prado sin despegarte mucho del suelo. Y en cuanto te salga algo, tú síguelo, aunque sea una urraca.

«¿Aunque sea una urraca?»

Helíaca aún no está para cazar un pájaro al vuelo, y mucho menos con un vuelo tan impredecible como el de la urraca. Pero no dice nada. Baja en picado y se desliza por lo más hondo del barranco zigzagueando en vuelo raso para no ser descubierta por los córvidos. Remonta hasta una sabina, a un par de brazadas de lo alto de la loma, y busca a Neblí en el cielo.

«¿Dónde estás?»

Ahí aparece. Apenas una mota gris que parpadea en el aire azul de la estepa. Al rato llega la señal: el halcón hace un breve picado y vuelve a tomar altura.

Helíaca se deja caer de la sabina. Al trasponer la loma sigue ceñida al pasto, tal y como le había dicho el peregrino. De pronto, una, dos, tres perdices... Salen tarifadas por el aire en direcciones diferentes. Una de ellas le pasa por encima y se lanza barranco abajo. Otra se tira al suelo y se embarra dentro de una retama; pero la última sigue en línea recta buscando la hierba alta.

Helíaca se olvida de las dos primeras y vuela a por la tercera.

Durante el lance, Helíaca descubre que es capaz de volar mucho más rápido de lo que jamás hubiera imaginado. La perdiz sale muy fuerte, pero Helíaca empieza a acortar distancias. Cuanto más cerca está, mayor es la ansiedad y el deseo de llevársela al suelo.

«¡VAMOS, HELÍACA, VAMOS!»

Sabía que no podría esquivarla en el aire, porque las perdices van a piñón fijo; remontan con fuerza y se dejan caer en línea recta, sin apenas maniobrar. La cuestión es llegar hasta ella antes de que descienda al pasto.

«¡VAMOS, HELÍACA, VAMOS!»

El águila se desvía ligeramente a la derecha para atacarle el flanco aprovechando la brisa de poniente. Eso le hace rezagarse un poco, pero con el viento de cola logra tomar velocidad y recortar distancias.

«¡Ahí va la perdiz!»

Ya distingue las barras negras, la gorja[37] blanca, el cuello moteado...

«¡VAMOS, VAMOS, VAMOS!»

Helíaca abre las garras. La perdiz cierra las alas y se deja caer hacia el pasto. Y entonces, cuando ya la da por perdida, *¡paf!*, la perdiz cae de espaldas entre la maleza con el cuerpo aún tenso por el esfuerzo de la huida.

Helíaca atraviesa la nubecilla de plumas de colores que ha quedado suspendida en el lugar justo donde el halcón acaba de acuchillar a la presa con sus talones.

—¿Lo has flipado? —grita el peregrino posándose sobre la pieza, de la que no aparta la mirada ni un instante.

—No te he visto llegar —le dice Helíaca en el suelo con bastante cara de idiota, por cierto.

—Te lo dije, soy *súper* rápido. Y esta no es de granja, ¿eh? Es salvaje cien por cien.

El halcón despluma, desgarra y engulle sin parar de hablar ni un momento.

—Ojalá fuera tú para verme ahora mismo encima de la

perdiz recién matada —le dice—. "El halcón sobre su presa".
¡Jo! ¡Qué pasada! Esto es algo que contarás a tus hijos —prosigue tragándose una bola de carne y plumas sobre la perdiz ensangrentada y humeante—. Ahora quiero que describas lo que estás viendo en estos momentos, pero primero dime cómo he bajado: ¿como una exhalación?, ¿como un rayo? Adjetívame bien el lance, te lo suplico.

Helíaca deja a Neblí darle varios picotazos más.

—Ya está —le dice—. Me toca.

El halcón sigue comiendo sin hacer caso. Helíaca le pone la mano derecha encima y lo aplasta contra el suelo.

—¡Eh! ¡Eh! ¡Eh! —pía alarmado el halcón—. ¡Que te iba a dar! ¡Que te iba a dar!

Neblí suelta la perdiz y se queda ahí, hablando sin parar mientras el águila se traga hasta el último hueso.

—Entonces, ¿conoces las torres del Pardo? —le pregunta Helíaca.

—Y mucho —le contesta el halcón—. Yo también soy de Madrid, pero de Madrid, Madrid. Vengo al campo porque en el centro no hay gran variedad: hay paloma cimarrona, que abunda, no te voy a decir que no, pero no te creas que mucho más. Me dirás, ¿y urracas? Bueno, sí. ¿Y tórtolas? Turcas, también, e incluso cotorras, te lo reconozco, pero dan poco juego en el alto vuelo. Así que vengo a darme una vuelta al campo a por otro tipo de aves. ¿Cómo qué?, me preguntarás. Pues mira, lo que más busco son zorzales de temporada. Comunes o charlos, lo mismo da: me flipan, aunque tampoco te creas que cojo tantos. Más bien los incordio. En cuanto fallas el primero, olvídate. Se ponen a llamarse unos a otros, con su *chiap, chiap, chiap*, y se acabó lo que se daba. Además ya me conocen, porque llevo viniendo por aquí desde hace unos cuantos inviernos, desde mucho antes de que tú nacieras. Antes incluso de que tus padres llegaran a las torres.

—¿Conociste a mi padre?

—Conocerlo, lo que se dice conocerlo, no. Un día me acerqué a la torre a compartir con él algún que otro desvelo.

—¿Y qué te dijo?

—Me dijo, "largo de aquí, idiota."

XXII
BAJO VUELO

Ni Neblí ni nadie que no sea de su estirpe va a liberar a Helíaca de la vasta soledad por la que vaga desde que supo de la muerte de su padre. La idea de ser la última imperial del universo la persigue de día y de noche, y no encuentra el momento de alzar el vuelo para encontrarse con otra águila de hombros blancos.

Recuerda Helíaca a su madre en el nido y sueña con construir ella el suyo propio. Y ver muscularse a dos o tres pollos con sus mortíferas manoplas y la mirada de fierro del viejo Adalberti.

Pero claro que no es la última. Ni la penúltima siquiera. No muy lejos de allí está su nido. Su madre, seguramente, volará aún sobre aquellas dehesas.

El halcón le dijo que para encontrar las torres del Pardo debía tomar rumbo norte hasta las vías del tren y luego seguirlas hacia Oriente. Helíaca se desliza hacia unos cirros amarillentos que tapan el paisaje.

Al atravesarlos ve las vías que surcan una mancha de monte muy oscura. Las sigue hasta las torres de metal que avanzan hacia la ciudad como una procesión de ciegos. No tarda en localizar el nido. Lo sobrevuela en círculos esperando que su madre aparezca.

El campo ha cambiado. Está oscurecido por las lluvias del invierno. La tierra satisfecha lanza guiños plateados desde el suelo: charcos de agua rojiza salpicados entre el pasto nuevo. Pero ¿y madre? Sube aún más alto. Hace un par de piruetas. La llama con insistencia.

«*Auk, auk, auk*»

—¿Otra vez tú?

«¿Eh?»

A un par de brazadas aparece Jara, el azor, batiendo sus alas cortas y potentes.

—Baja de ahí —dice alzando la voz lo justo para hacerse oír sobre el silbido del viento—. Me estás espantando la caza.

Helíaca desciende hacia las copas verdes de aquellos pinos que tanto le gustaba mirar desde el nido.

¿Pero y si no vuelve?

«No importa».

Helíaca decide establecer allí su territorio.

Se atalaya en un chopo, asomada a un talud lleno de madrigueras en un recodo del Trofas. En cuanto aparece el primer conejo, se lanza hacia él en línea recta, pero la ve de lejos y se mete en su madriguera con una parsimonia insultante. Y luego no hay manera de encontrar ninguno fuera de su encame hasta pasada la hora violeta.

Los conejos siempre se las apañan para engañarla. Unas veces se quedan quietos, esperándola; cuando está a un tris de agarrarlos, da un pasito a un lado y Helíaca se pasa dos encinas. Otras veces persigue a uno, se le cruza otro y no atrapa a ninguno de los dos. Y así una tras otra.

Pasan los días sin pinchar. Helíaca trata de espantar las palabras de Rogelio sobre la libertad y las águilas modernas. Intenta no pensar en la vida amodorrada del cautiverio. Intenta evitar el miedo.

«Tranquila, Helíaca».

Pero la verdad es que está muerta de miedo. Ya no puede depender de sus padres, ni de Ramón y Amparo, ni de la carroña de Zamarreño. Ni del pobre Séneca.

«Esto es sólo intemperie, Helíaca. Acostúmbrate».

Cuando ocurre el milagro, Helíaca persigue saltamontes a brincos por debajo de los pinos piñoneros. De pronto, le cae un conejo muerto a sus pies. Helíaca lo agarra al instante con la mano derecha. Lo mira quieta, sin atreverse siquiera a titubear. Es un conejo mediano.

Está caliente. Aún puede notar sus últimos pálpitos.

—Tampoco estás tan flaca —le dice Jara, resistiendo la tentación de saltar desde la rama del pino y arrebatar al águila la pieza que acaba de cazarle.

El azor tiene razón. Si Ramón o Amparo le hubieran palpado la quilla, aún no habrían tocado hueso. Seguía ensainada de sus días a base de borrego en el muladar.

—Cazarás mejor cuando estés en *yarak*, ya verás —observa el azor, porque Helíaca, efectivamente, no ha alcanzado ese estado de gracia que les aflora en los ojos a las rapaces, que les encorva el cuello y les exprime el aire de las plumas. Un águila en yarak está sumida en un angustioso estado de percepción y sostiene en sus músculos la tensión de un halcón emballestado.

—No importa, yo te enseñaré a cazar —le dice el azor—, pero luego te largas.

Después de los tuétanos y pellejos fétidos del muladar, aquel conejo montuno perfumado de tomillo le sabe a gloria. Y claro que no le hace gracia renunciar a su cazadero, pero tal y como están las cosas, no puede negarse. Además, en la dehesa, los favores escasean.

Al día siguiente, Jara aparece al alba. Le dice que la siga, cosa que no es nada fácil. La prima de azor es mucho más pequeña que Helíaca, claro, y con esa cola tan larga va sorteando chaparros y retamas a una velocidad imposible. Helíaca no tarda en perderla de vista.

«¿Y Jara?»

La lleva detrás, a rebufo, muy pegadita a la cola. Entonces va y la adelanta por debajo, a menos de un palmo del suelo. Ahora es Helíaca quien tiene el pico a media brazada. Al salir a campo abierto, Jara cierra el abanico de la cola y rema, no a ala abierta como en alto vuelo, sino con las alas ligeramente plegadas, comprimiendo el aire contra el pecho.

Al fondo del prado hay un viejo abrevadero de piedra y un zarzal. Helíaca sigue a Jara, que en vez de sortear el espino, continúa a timón fijo.

—No me mires a mí —le dice—. Tú fíjate en lo que viene por delante.

Helíaca espera que gire o que frene, pero no: el azor acelera y sigue con la cola cerrada en una línea compacta. "¡Frena!", le suplica, pero Jara acelera aún más con una potente serie de aletazos. Y cuando parece que está a punto de estamparse contra las zarzas, el azor ciñe las alas contra el cuerpo y las atraviesa de lado a lado, por dentro, como una libélula. Helíaca pasa por encima y vuelve a ponerse a cola.

—¿No pretenderías que yo pasara por allí?

—Eres un águila, no un azor.

Al atardecer, Helíaca está rendida. Han ensayado el vuelo raso y los picados; ha aprendido que es más fácil atrapar los conejos en plena carrera que cuando van despacio o están parados, y a cernirse sobre las eneas, como el águila pescadora.

—Eso te vendrá bien para ir a fochas en los carrizos de la laguna.

Las dos rapaces se quedan contemplando el atardecer desde un brazo del piñonero.

—Tú sorprende —dice el azor—. Si apareces de pronto por detrás de una encina o sobre un talud de tierra tendrás más opciones de ganar el lance que si bajas desde el cielo. Y cuando parezca que es imposible ir más rápido, es igual: tú aprieta.

—Para ti es fácil decirlo —le replica Helíaca—. Eres mucho más veloz que yo.

—Quejarte no te servirá de nada —le contesta—. ¿Sabes

cuántos azores mueren reventados por la patada de una liebre mal trabada? Usa tu fuerza, Helíaca y, sobre todo, sé discreta. Que no se vea tu silueta en el cielo. Si te expones, las urracas alertarán a los conejos a media legua. Elige bien tu sitio y quédate ahí. No hagas ruido. Ten paciencia.

Helíaca la escucha con atención mientras el crepúsculo levanta del suelo las primeras zumayas de la noche.

—Y no te lances a por una presa a menos que estés segura de que vas a atraparla. Si te delatas y fallas, tendrás que esperar mucho tiempo hasta que los conejos se olviden del susto. Eso sí: cuando llegue el momento, tú a por todas. Recuerda que, en el campo, el fracaso siempre se ceba con el débil. Si no haces caso a tus sentimientos de flaqueza, saldrás adelante —dice—. Palabra de azor.

XXIII
LAS DE GALLOCANTA

Helíaca remonta hasta la torre con los últimos destellos del sol y se posa sobre una de las vigas metálicas junto al nido abandonado. No hay ramas verdes, ni plumón, ni pelo de conejo. Los viejos palos de la primavera anterior están cubiertos de una gelatina naranja. El nido, saturado de agua, huele a árbol muerto. Ninguna silueta oscura adorna la torre de enfrente, ni la de más allá, ni la siguiente. Las torres se alejan hacia la sierra en una peregrinación de acero, sin vida y sin memoria. Nada recuerdan de aquellas largas jornadas de espera en solitario, de los amaneceres y ocasos con su ir y venir de grajillas y abejarucos; del tacto azulado de las torcazas en los cables de acero.

Aquellas torres malévolas que la vieron nacer y la quisieron matar solo parecen entenderse con los trenes rojiblancos que, pase lo que pase, no dejan de pasar haciendo ruido y pidiendo silencio: *shhhhhhh...*

Ya de noche cerrada, se empiezan a oír las grullas, muy alto. Helíaca no sabe qué son ni a dónde van, pero le asombra que puedan volar tan alto y tan de noche.

Gru, gru, gru, se llaman unas a otras.

«¿Quiénes son?»

«¿A dónde van?»

El último tren de la noche huye del campo a la ciudad como un gusano luminiscente buscando su refugio de luz. Al mismo tiempo, por algún lugar del espacio sigue pasando el tren de las grullas. Helíaca alza el vuelo hacia su estela sonora montando de cola hacia las zancudas que se van, que se van, con su *gru, gru, gru* surcando el aire negro de la noche. Vuela a través de la oscuridad manchada de luz hasta que le es imposible seguir tomando altura; pero no puede quedarse atrás, así que las sigue desde abajo, en paralelo, más cerca de las copas de las encinas que de los lejanísimos gruídos. Las sigue a duras penas por la noche desvelada de la ciudad hasta que no hay más que monte a su alrededor; hasta que la oscuridad despierta a las estrellas que van abriendo sus afilados ojos aquí y allá, y que acaban siendo tantas que apenas si caben en la bóveda celeste. El aire también es distinto, más frío y más duro. Su desorientación, total.

Helíaca sigue bogando entre las estrellas, mojada en ellas, con el estómago en un puño por temor a perder la noción de sí misma en el espacio y caer hecha un manojo de plumas, como dicen que le pasó a Santos Pistacho, el alcaraván de Burgos.

Silencio.

«¿Hola? ¿Dónde estáis?»

«¡Esperadme! Soy yo, Helíaca».

Helíaca está cagadita de miedo: allí arriba, sola, perdida, sin saber a dónde mirar para no perder el equilibrio, porque no sabe aún de constelaciones y aquella infinitud de estrellas, reflejadas sobre el agua, le impide imaginarse a sí misma en relación al suelo y al cielo. No logra distinguir el uno del otro, pero sigue volando con los hombros a punto de reventar del esfuerzo, a ciegas, guiada únicamente por el viento frío de la noche, un viento norte perfumado de escarcha.

«¿Y las grullas?»

Ni rastro de ellas.

De pronto, un sobresalto.

Hay alguien detrás, en su flanco derecho.

Helíaca no identifica aquella presencia. Quiere huir pero ¿a dónde?, ¿desde dónde? Helíaca no puede permitir que aquello la azore y le haga perder su ya precario equilibrio. Comprende que cuanto más quietas estén las estrellas, más estable será su vuelo.

«Tú mira a la estrella que sopla».

Helíaca no se atreve a mirar de reojo, siquiera, a aquel pájaro o espíritu que jadea a media brazada de su ala derecha. Se acuerda del águila del sueño, Mariaire. Se acuerda de su padre.

«¿Eres tú?»

Gru, gru, gru,
no te salgas de la U,
no pierdas el rebú.

Son las propias grullas, que de cuando en cuando se quedan calladas para orientarse escuchando el lejano rumor de los mares. Venían de los campos de Cuerlas, Bello y Tornos, de los páramos salados de la Laguna de Gallocanta en Teruel, y se dirigían a sus humedales de cría en Escandinavia.

—De *acú* —responde Helíaca en falsete para que no se asusten. Y se queda cerrando el brazo derecho de la uve, respondiendo con las zancudas a la voz del marca que desde la otra popa pregunta a pleno pulmón:

¿Qué somos?
   gru, gru, gru
Y nos vamos a...
   Norú, ru, ru
No salgamos de...
   La U, U, U...

Y allí va Helíaca con las grullas. Hacia Noruega. Sin salirse de aquella cuña gigante que cruzaba Europa espantando con sus arrullos los fantasmas de la noche.

Pero claro, Helíaca ni es una grulla ni se le ha perdido nada tan al norte, ni tampoco es lo suyo volar en formación. Así que con el primer destello de la alborada se despide de las de Gallocanta y vira hacia el sur con un par de nociones aprendidas sobre navegación nocturna.

XXIV
MUCHO MORRO

El aire empieza a perder dureza a medida que el sol asciende. Los campos se sacuden el calor y lo arrojan al cielo desde las manchas de monte más oscuras, los roquedos, los campos baldíos: por todas partes manan vahos calientes que se embalsan en las alturas formando islas de un aire ardiente que desdibuja el horizonte y lo llena de blandos espejos. Helíaca va conquistando aquellas islas de vapor, una tras otra, sin esfuerzo; y al salir de aquel archipiélago de espectros de luz verde y violeta, se deja llevar por la fuerza de una ola que discurre en solitario, con placidez y determinación, como si supiera el destino exacto del viento y del águila solitaria. Aquel aire muscular la lleva sobre las cumbres del Guadarrama y Gredos en una larga diagonal de dirección suroeste.

Ya al atardecer, en una serranía que llaman de Monfragüe, aparecen tras un viejo castillo en ruinas las siluetas de una docena de buitres dispersos rastreando los montes.

Si encuentran algo pronto, Helíaca no tendrá que ir de caza, cosa que agradecería, porque aunque su sazón sea la predación y no el carroñeo, sus muchos fracasos en la caza, la tienen muy desalentada. De manera que se pone a hacer tornos con los buitres esperando que alguno pliegue las alas y se descuelgue hacia algún cadáver.

Al rato empiezan a bajar uno tras otro hacia una angosta garganta. Helíaca los ve descender a lo largo del desfiladero, en cuyo tramo final hay un sombrío soto con una charca de agua estancada y fétida. De entre los muchos buitres allí aglomerados asoma la cabeza de un recental de muflón, cuyos ojos sin vida la miran con indiferencia. Helíaca se posa en un árbol desmembrado y seco a esperar su turno, mientras los carroñeros atacan las partes blandas del animal.

Estos buitres parecen especialmente hoscos. Su silencio es extraño e inquietante. Lo único que se oye es el ronroneo de sus cabezas y picos entrando y hurgando en las entrañas del cadáver y que parecen decir, *morro, mucho morro, mucho morro*. No sabe si se lo dicen los unos a los otros, porque apenas se miran, o si todos se lo dicen a Helíaca.

Quien sí la mira es un alcaudón posado en un granado silvestre al otro lado de la charca. Y él no es el único, qué va. Decenas de ranas croan desde las orillas y desde el agua, clavándole sus ojos mojados a través del verdín viscoso de la superficie; croan y dicen, o parecen decir, *mucho morro, mucho morro*.

¿Cómo que *mucho morro*? Pues ahí no acaba la cosa. Al rato llega un anciano alimoche; llega con cara de susto, como si acabara de despertar de una pesadilla. Llega el alimoche y, en vez de estar pendiente de la carroña, se queda mirando a Helíaca con la cabeza hundida entre los hombros, como si quisiera hacerle algún reproche y no acabara de atreverse.

—Qué te pasa —le dice Helíaca.

—¡Ja! "Qué te pasa", dice —contesta el maloliente vultúrido—. Apestas a hombre, eso es lo que me pasa.

—No será por mi culpa...

—¡Ja! "No será por mi culpa", dice —. El alimoche la mira de arriba a abajo—. Qué eres, de cetrería, ¿no?

—Que no, que no, yo...

—¡Ja! "Que no, que no", dice. ¡Qué soberbia!

—¡Déjala en paz, alimoche! —le grita el milano Íñigo desde una rama—. Yo la conozco, se llama Helíaca y estuvo en un centro de recuperación.

—¡Ja! "En un centro de recuperación", dice. Yo te digo que ésta es un monstruo de cetrería, como ya sabes tú quién.

—No seas obtuso, alimoche —dice Íñigo—. ¿No ves que no lleva pihuelas?

—¡Ja! "No lleva pihuelas", dice. ¡Y qué que no lleve pihuelas! La Mariaire tampoco llevaba pihuelas.

Íñigo estalla.

—¡Claro que lleva pihuelas, pajarraco zafio y mendaz!

Helíaca tiene muy cerca al alimoche, tanto que puede oler sus sucias plumas. O quizá sea el cadáver del muflón o el agua podrida o todo a la vez.

—¡Tú! —le espeta Helíaca tratando de infundir cierto respeto—, ¿quién es esa Mariaire?

—"¡Tú!", dice la muy chulita. Es que no falla. Las rapaces que habéis estado con los hombres apestáis a soberbia;

matáis con hambre o sin hambre, en yarak o fuera de yarak. Y si no os apetece matar, ¡hala, a carroñear! ¡Mucho morro!

Romorro mucho morro, repiten las ranas a coro. *Mucho morro, mucho morro,* dice una carraca desde la orilla de la ciénaga con una rana muerta en la pata derecha. Y un arrendajo asomado entre las hojas de un madroño. Y una cuadrilla de ogralíbares desde el aire. Llega también una cigüeña negra, que no le pierde el ojo derecho, ni el izquierdo, ni el derecho, ni el izquierdo. Y una ardilla roja, *rroja, rrrroja, rrrro... morrro, mucho morro, mucho morro.*

Sin más, toma las de Villadiego.

XXV
A LOS IBORES

Helíaca alcanza el valle del río Ibor en busca de cazaderos; cada vez que creyó haber encontrado uno, se topó con la hostilidad de alguna competidora que defendía su territorio con fiereza. Con fiereza, los más menudos, como el cernícalo Rui, que se lanzó en una serie de ataques suicidas, dando picados a voz en grito, espantando la caza y atrayendo a ogralíbares, muy abundantes en aquellas serranías.

Urracas y ogralíbares.

Arrendajos y cornejas.

Grajas y grajillas.

Ruido del que Helíaca sólo podía refugiarse en las grandes alturas.

Helíaca sube sin esfuerzo. Ya no tiene que buscar las térmicas al tacto, probando aquí y allá: había aprendido a distinguir el aire frío del caliente por sus matices de color. Sube Helíaca a lo más alto, donde el vórtice térmico pierde su ímpetu ascendente y se desmadeja a cielo abierto en un coloide de rosas y violetas. Allí arriba siente de nuevo la embestida del sindestino; la desazón de no tener a dónde ir porque nadie la espera en ninguna parte; los pensamientos oscuros, las viejas pesadillas...

Y entonces aparece. Lo ve en la distancia, muy por abajo, sobre los roquedos próximos a una vieja ermita: un águila. El tamaño es difícil de discernir a esas alturas. Helíaca piensa en su padre, en Rogelio.

«No, no puede ser».

Helíaca sabe que el Gran Adalberti habría respondido a la invasión con un ataque directo, sin rodeos ni amenazas vacías. ¿Y Rogelio? Sólo recordar al viejo Rogelio, se le enternece su corazón reptiliano.

«¿Rogelio?»

No puede ser Rogelio, ese no pinta nada en el cielo.

«¡Rogelio!»

No, no es Rogelio. Ni siquiera es de su especie. Quien se dirige hacia ella oblicuamente es un águila real.

Menudo panorama. Helíaca sabe que las reales son de armas tomar: por fuerza y por bravura, son capaces de tumbar a un corzo o hasta a un lobo demostrando un gran desprecio por la vida. Y, sobre todo, son más hoscas y bárbaras, y hacen lo que sea para procurarse alimento y defender sus cazaderos.

«¿Vienes o te vas?»

No se va, no. Al contrario. Después de estudiar los movimientos de Helíaca, aquella real se acerca rauda con el viento de cola y las alas ligeramente plegadas. Sí, tiene que ser una real. Es muy oscura y no tiene los hombros albos de sus padres. Helíaca sube un poco y se deja caer de nuevo como queriendo demostrarle que no se va a quedar quieta.

Aprovechando una corriente ascendente, aquella gran planeadora hace un asombroso picado invertido y describe círculos cada vez más apretados. Helíaca la mira de reojo, mantiene el rumbo, no mueve ni una pluma. Trata de discernir su talla, pero calibrar tamaños y distancias en el aire siempre es complicado. La real amaga variando el ángulo de ataque: baja la cabeza y alza los hombros, acelera y alarga la trayectoria en un desconcertante vuelo ondulatorio. A cada vuelta que da, el círculo se va comprimiendo más y más.

«Qué quieres».

Lo fácil hubiera sido apretar los hombros y salir echando pestes de allí; pero Helíaca no quiere huir más: de nada, de nadie. Y de ningún lugar, empezando por aquel trozo de cielo.

«Tú también eres águila», se recuerda a sí misma. O quizá fuera su padre quien se lo recordara. ¿Un águila? Helíaca aún se siente pesada y tosca. Aún no ha cazado ni una pieza. Aún no tiene su propio cazadero. De acuerdo en todo, pero es un águila, de eso no cabe la menor duda.

La real sigue bajando hasta colocarse casi a su altura. Mira a Helíaca a varias brazadas por encima tratando de intimidarla. Helíaca responde haciendo un medio tonel. Se queda panza arriba en el aire para que la real le vea bien las manoplas. La real no baja más; prefiere alejarse en un amplio círculo y acercarse luego de frente, como si quisiera leer sus verdaderas intenciones.

Las dos águilas se cruzan al fin las miradas. Quien reclama su territorio es un veterano torzuelo, no muy grande, y con la huella de mil lances en los ojos.

Helíaca suspira aliviada: no es Mariaire.

Bajo la atenta mirada del curtido zahareño[38], Helíaca desciende hacia un prado a media ladera; un prado extenso con una parte de arenal y una isla de sotobosque, y dos cauces que convergen en una poza. Es un terreno idóneo que ofrece innumerables alternativas para la caza; demasiado bueno, quizá, para aquellas ásperas serranías tan pródigas en buscavidas y hallamuertes.

¿Será aquel el cazadero del Real? Sólo hay una forma de averiguarlo. Helíaca se posa en un alcornoque, pero no encima sino dentro, oculta entre el follaje y muy pegada al tronco, como un autillo. Se posa ahí dentro y busca a su adversario por el cielo. No verlo sabiendo que está invadiendo su territorio, la llena de zozobra. Imagina su propia muerte en una angustiosa secuencia: el Real y la Real, torzuelo y prima, la atacan en copla reduciendo los espacios; la obligan a montar de cola a base de sucesivas maniobras de estrategia hasta arrinconarla en el cielo y darle muerte como a una corneja desfondada.

«Si quieres guerra, aquí te espero».

Por fin lo ve posarse en el extremo opuesto de la explanada. Ahí está, atalayado en lo más alto de una encina seca, como si quisiera recordar a todos quién manda en el prado.

Una cuadrilla de ogralíbares delata la presencia de Helíaca en el alcornoque:

¿El águila o láguila?
¿El águila o láguila?
¿El águila o láguila?

Y del mismo modo en que aparecieron entre las ramas, los ogralíbares se esfuman. El Real también. Lo ve dejarse caer por detrás de la encina y remontar luego hacia la ladera del monte.

Helíaca se queda allí sola en un estridente silencio. Ni un herrerillo por las ramas, ni una torcaza por el cielo, nada en las cepas de las retamas, ni entre los chaparros. El paisaje parece contener la respiración anticipando un gran acontecimiento.

Y entonces aparece. Llega pegado a la arboleda, mirando aquí y allá, circunspecto; avanza atento a su propio silencio, buscando islas de musgo entre la hojarasca, pisando en lo húmedo hasta que se detiene de golpe y, como si alguien le hubiera dicho al oído, "ahí, ahí, en el centro del alcornoque", la mira.

Helíaca lo observa a él con los puños apretados. El cuerpo le pide a voces huir de allí: «¡Vete! ¡Vete! ¡Vete!».

No se va. Se queda a mirarlo. Observa su pelo tieso y canoso, como el de un viejo jabalí; su cara desnuda surcada de arrugas profundas que se espigan en las comisuras de los ojos. Mira a Helíaca con la boca muy abierta y los ojos muy abiertos, como si no creyera lo que ve. Se miran unos instantes y luego empieza a recular lentamente con las manos abiertas sin quitarle la mirada de encima hasta que desaparece en la espesura.

Cuando el hombre se marcha, la cogujada quiere ser la primera en enterarse de todo:

¿Qué ser era ese ser?
¿Qué ser ese ser era?

Eso pregunta desde el suelo mientras el alcornoque se va poblando de pajaritos que interrogan a Helíaca sobre "ese ser", pero no a la manera impertinente y cizañera de las urracas y los ogralíbares —ahora muy quietos y callados— sino con admiración y respeto: Helíaca le ha aguantado la mirada a un hombre.

Los ruiseñores, Gabriel y Galán, no caben en su asombro:

Helíaca, la gran Helíaca,
Es un águila colosal...

>   *¡No es real!*
>   *¡Y no es real!*

Helíaca es imperial
Y es mayestática,
Y es brutal...

>   *¡No es real!*
>   *¡Y no es real!*

Hombre, Gabriel
No sean tan gañán.
Mató un venado,
y lo vio el autillo,
Mató una corza,
Y lo vio el pardillo,

Cazó un planeta
que lo vio el zorzal.

Hombre Galán,
No seas literal:
Ya sé que "es",
y ya sé que "está".
Digo real, pero "como tal".

¡Mira qué garras!
¡Mira qué manos!

¿Sabes que no huye,
de los humanos?

¡Mira qué ojos!
¡Mira qué temple!

¡Dicen que no es
de sangre caliente!

Helíaca, la gran Helíaca
Es un águila colosal.

¡No es real!
¡y no es real!
¡Que es la Adalberti!
¡Que es la imperial!

XXVI
EL ALIENTO DE LA GARZA

Transcurre una jornada más sin pinchar ni un mísero gazapo, pero aún le quedan fuerzas: Helíaca sigue sin conocer la diferencia entre tener mucha hambre y estar muerta de hambre... y entre estar muerta de hambre y estar en yarak.

Una garza imperial se desliza hacia un recodo encharcado del cauce desplegando su azulada envergadura. Se posa en una raíz que sobresale del agua y pincha la superficie con su pata de junco sin levantar ni una onda. Helíaca se queda muy quieta esperando a que la garza pierda interés por lo que pasa en el aire y se concentre en lo que pasa en el agua.

«¡Ahora!»

El águila salta por el lado opuesto del árbol hacia unos matorrales próximos a la charca. Cuando la garza se da cuenta, ya es demasiado tarde. Sí, pero aquella vieja se las sabe todas. La zancuda da un gran salto hacia arriba formando una enorme pantalla gris con las alas extendidas.

Helíaca no reacciona a tiempo y en vez de atraparla con las garras, la abraza con las alas. La garza hace lo propio como queriendo evitar que el águila la trabe del pecho.

Quedan las dos tiradas en la orilla de la poza con medio cuerpo dentro del agua. Helíaca siente en el buche la afilada quilla de la zancuda. ¡La tiene! ¡La tiene! Y sin embargo el águila no logra hacer presa en ella.

—¿Pero de verdad que me quieres comer? —dice la garza con más calma de la deseable—. Te lo digo porque la garza no me parece que sea para ti. Vamos, que te he visto en el árbol cuando venía y no me he asustado porque, cómo decirte... ¡que no tocaba que una garza como yo se asustara de un águila como tú!

Helíaca forcejea en balde: la zancuda le tiene las alas trincadas en las axilas y no hay manera de zafarse.

—Mira, tampoco quiero que te lo tomes a mal pero es que me parece que estás cometiendo un error porque las águilas, garzas, o sea: no. Y sería una pena que me mataras y que luego te dieras cuenta de que no te gusto porque doy sabor a ranas y tritones, y marranadas por el estilo. Y si no me crees, huele esto: ¡aaaaaaah!

«¡Buf!»

XXVII
DIENTES DE LEÓN

Después del penoso espectáculo de Helíaca con la garza, la reputación que se había forjado tras el encuentro con el hombre queda por los suelos. Los ogralíbares vuelven a las andadas, persiguiéndola a todas las horas del día, espantándole la caza. Y el Real está dispuesto a echarla de allí. Su estrategia es clara: en vez de ir al cuerpo a cuerpo, se dedica a frustrar sus lances. Él se conoce bien las trochas de los pocos conejos que triscan por aquellos montes y los coge o los espanta directamente antes de que la imperial pueda llegar a ellos desde su atalaya.

Los días pasan y las fuerzas empiezan a flaquearle, pero ¿qué va a hacer? ¿Volver a la carroña a que la humillen? ¿Pasarse la vida campeando en busca de un cazadero perfecto? Quizá le hubiera convenido buscar un monte más adehesado en vez de aquella agreste ladera, pero su decisión es firme.

Helíaca decide cambiar de atalaya en el prado, al otro lado de un arenal cubierto de pequeños helechos de solana.

Justo al pie de un solitario enebro hay una zorrera medio escondida entre las raíces. Más a la derecha se extiende una explanada de cardos tiernos y dientes de león.

Parece difícil que vaya a asomar algún conejo tan cerca de la zorrera, pero Helíaca sabe que si al Real le da por aparecer, no tendrá tiempo de cruzarse en su camino.

El águila espera y espera observando la progresión angular de las sombras. Ve subir el sol lentamente, quemando la umbría de la ladera; ve derramarse la sombra sobre la tierra caliente arrastrando tras de sí el aire frío de la noche. Cuántas veces deseó que aquella piedra del fondo hubiera sido el lomo de un animal de sangre caliente; que apareciera una bandada de perdices al otro lado del tronco seco. ¿Por qué tuvo que dejar ir a la garza? ¿Porque las águilas no comen garzas? ¿Y eso quién lo dice? ¿Las garzas?

El ayuno prolongado le impide pensar con claridad: eso sí que es estar hambreada. El día siguiente es un calco del anterior: un sol de justicia mantiene encamados a todos los animales. Helíaca ni siquiera ve al Real vigilándola desde su atalaya al otro lado del prado buscando la manera de estropearle la caza. Nada se mueve en el monte, salvo una torcaza que va y viene de la vega a la encina y de la encina a la vega con una ramita en el pico en el viaje de vuelta. Nada se oye, salvo los gritos desaforados de un pito real...

¡Chi, chi, chi!
real...
¡Chi, chi, chi!
realmente insoportable.

¿Y en el suelo? En el suelo, piedras. Algunas parecen cobrar vida y transformarse en animales de pelo y sangre caliente que se quedan ahí titubeando, sin saber a dónde ir, ofreciéndose a la rapaz hambrienta.

A media tarde, el viento de poniente empieza a soplar del revés y lleva una nube morada que asoma la frente por detrás del cerro y sobrevuela el prado de refilón descargando a su paso un aguacero de agua gélida. Tras la lluvia, un breve frenesí de pajaritos. Y cuando parece que el prado se va a poblar de caza, el sol se apresura a secar lo mojado dejando un bochornazo asfixiante.

Y entonces, una media liebre sale de entre la maleza, recorre el pasto y se planta en el centro mismo del prado.

Helíaca no puede creerlo. ¡Una liebre! La última que vio fue un tremendo matacán que llevó su padre al nido. Esta de ahora está viva. Está allí con sus ojos claros y sus pupilas oscuras; con sus largas orejas de puntas negras recogidas hacia atrás, moviendo su morrillo caliente y húmedo.

Después de pasar tantas horas deseando comerse las piedras, ver allí a esa liebre tan real y tan inconfundiblemente comestible casi le hace perder la compostura.

Helíaca está en yarak.

Abre y cierra las falanges para aliviar la tensión. Sabe que ha de serenarse para no echar a perder su gran oportunidad: la liebre debe morir.

Ha salido a los dientes de león, claro, que crecen donde más da el sol y que están en su mejor momento, aún tiernos y sin espigar.

Helíaca sabe que si lo hace bien, la liebre no tendrá

escapatoria. Bien, sí, pero, sobre todo, pronto. El Real puede aparecer en cualquier momento y arrebatarle su pieza; el Real o la raposa, claro. Fue pensarlo y verla asomarse entre las jaras mirando a la liebre, señalándola con el hocico y las orejas.

Jara le había enseñado lo importante que es imaginar un lance paso a paso antes de acometerlo, pero no hay tiempo para cálculos. La zorra se acerca tentando el suelo, como si a cada paso la tierra le quemara las almohadillas.

«¡No, no, no!»

La liebre se levanta sobre las patas traseras y se asoma hacia los matorrales con las orejas muy tiesas. Helíaca es una rama del alcornoque. Se le posa una mosca en el ojo y no parpadea. Mira a la liebre con un brillo impío en las pupilas. La mira fijamente, sin mover ni una pluma, sin perder ni un detalle del animal: un racimo de garrapatas que le despeina el lomo, una mancha de sarna en la ceja derecha...

La liebre sigue rígida mirando hacia la zorra sin parpadear. La raposa, aplastada toda ella contra el pasto, trata de leer la situación de oído con las orejas tiesas como puñales.

Al fin la liebre relaja los párpados, se vuelve a poner a cuatro patas y empieza a comer. ¿Ya ha empezado a batir las mandíbulas? Sí, pero aún no ha bajado la cabeza.

«¡Ahora!»

Helíaca vuela en línea recta pegada al suelo. Sabe que la liebre la va a descubrir a mitad de camino. Lo sabe.

«¡Ahí va!»

Pero también sabe que llegará a la liebre antes de que la liebre llegue a la maleza. Para esprintar en la espesura, como le enseñó el azor, el cerebro de Helíaca descomprime el tiempo como un acordeón, de manera que todo a su alrededor se ralentiza: las alas del abejorro que se cierne sobre la flor morada de la achicoria, el aleteo amarillo de los jilgueros sobre los cardos... La aceleración progresiva del águila Helíaca ablanda el galope frenético de la liebre, que parece avanzar sumergida en aceite.

La liebre da un quiebro.

«¡Tú no te vas!»

Helíaca la trinca de los cuartos traseros, pero no en el lomo sino de un muslo. Efectivamente: una liebre mal trabada, mal asunto. La liebre, más grande de lo que creía, da un grito desgarrador y salta hacia arriba enseñando su larga panza blanca y estirándose más y más, como si fuera a salir volando por encima de la arboleda. Arrastra a Helíaca como un péndulo y la revuelca por el aire. Antes de que pueda trincarla con la otra garra, la liebre le suelta una coz. El águila cae tendida al suelo.

Helíaca despierta con la lengua reseca. No sabe cuánto tiempo estuvo allí a merced de cualquier alimaña. No llegará con vida al día siguiente. Siente en los dedos los tallos aterciopelados y carnosos de los dientes de león. Agacha la cabeza, corta una hoja y siente fluir el agua de la planta hacia su lengua reseca. Corta otra y otra y otra más, y sigue cortándolas medio enloquecida, como si fueran las plumas de una perdiz. Vuela hasta su atalaya con la pizca de fuerza que le queda y se embola allí arriba paladeando el regusto verde y dulzón del diente de león.

Helíaca se está muriendo.

De pronto, un raspajeo.

Muy cerca.

Justo por debajo del árbol.

¿Será la liebre que volvía al prado? ¿Un conejillo?

La zorra vuelve a asomarse entre las jaras presintiendo acción. La maleza vibra de nuevo. Tensión súbita en las garras de Helíaca.

«Eso, zorra, tú mira al otro lado del prado», se dice mientras empieza a vislumbrar un animal entre el pasto seco. Si sale al prado, lo tendrá a la distancia perfecta y en el ángulo ideal. Sólo tendrá que dejarse caer sobre él sin apenas esfuerzo... siempre que la zorra no lo vea antes que ella, claro. Pero la zorra sigue mirando al lugar equivocado.

Y entonces sale un escuerzo[39] descomunal, alegre y decidido en una coreografía espasmódica, como un corazón de tierra. Avanza con torpeza y sin miedo, acorazado en su fealdad.

El viento trae a Helíaca otra señal desde el fondo del prado.

Tras, tras, tras

Esta vez no tarda en aparecer.

«¡Una corza!»

Sale pegada a la espesura, hacia la zorra.

«¡Eso es lo que miraba!»

En cuanto barrunta a la raposa, la corza alza la cabeza y empieza a raspar el suelo con una pezuña. La zorra la mira un instante y se vuelve a la zorrera.

Y al fin, la corcita sale al prado.

Es cierto, Helíaca no es ni tan fuerte ni tan grande como una prima de real. Y claro que las imperiales no van a corzos. Lo había oído un millón de veces. Pero Helíaca también había oído que su padre había trabado a un jabalí.

Y eso que el Gran Adalberti no tenía ni su tamaño, ¡ni sus manos! Pero no había muchas opciones: o sapo o corzo.

«Vamos, corcita, a por los dientes de león».

El águila espera a que el animal se dé la vuelta y, en cuanto lo tiene de espaldas, se deja caer hacia adelante y se impulsa dando una patada en la rama. La prima de imperial vuela como un azor; un vuelo vertiginoso que se consume en una estela de agonía y esperanza.

«¡VAMOS, HELÍACA! ¡VAMOS!»

A cada golpe de ala se siente más débil. Las fuerzas le fallan. No puede más.

Helíaca baja la cabeza para tomar velocidad en la caída y, luego, a la salida del picado, vuela tal y como le había enseñado Jara: pegada al suelo y sin apartar la mirada de la presa. Bate las alas con fuerza, y cuando nota que se marea, las bate aún más rápido.

Llega hasta la corza con mucha velocidad; pero ya no está de espaldas sino de cara. En una situación así, un conejo se habría escapado echándose a un lado o incluso corriendo de frente, pero la corza se equivoca. En vez de huir en diagonal o hacia un lado, intenta darse la vuelta y muestra el flanco derecho al águila... *¡fuam!*

Helíaca la traba muy bien: una garra en el lomo y la otra en el cuello, pero llega vacía de fuerzas y aún no ha empezado la batalla final.

No, las águilas imperiales no van a corzos. Y si una media liebre es capaz de dejarla fuera de combate, ¿qué no le hará una corza adulta?

Pero no hay batalla. La corza cae de lado empujada por la fuerza del impacto; pero luego no da ningún brinco, ni se revuelca por el suelo, ni trata de patear a Helíaca. Ni siquiera intenta levantarse. Respira dos veces y se muere.

Ahí queda la corza, tumbada sobre el rodal[40] de dientes de león con los ojos muy abiertos y la oreja pegada al suelo, como si escuchara algo debajo de la tierra.

¡Qué tía! ¡Qué tía! ¡Qué tía!

> *¡Sí!, ¡sí!, ¡sí!*

> *¡Tú-no, tú-no, tú-no!*

> *¡Soloyó, soloyó, soloyó!*

¡Qué ser es ese ser! ¡Qué ser ese ser es!

> *Pepe tío, ¿te pepites?*

> *¿Te pepites, Pepe tío?*

> *¿Eláguila o láguila?*

> *Apupular, apulular*

ARROZ A LA ZORRA

> *Tranqui, tranqui*

DÁBALE EL ABAD

> *Chau, chau*

XXVIII
«ME QUEDO»

Nunca se había cantado tanto a una rapaz en ninguna de las dehesas aguileras al sur del Duero. Desde que Helíaca tumbó a la corza fue a ella, año tras año, a quien los ruiseñores del soto Gabriel y Galán dedicaron sus agrestes y líquidas silvas, y sincopados *raps*.

Fueron muchos los animales que comieron de los despojos de aquella corza: el cuervo Jasón y su señora Adela; el alimoche Gúlliver, que parecía estar siempre en todas partes; la zorra de la zorrera y sus zorreznos, y una multitud de urracas y ogralíbares. Todos ellos estaban interesados en que permaneciera en aquella ladera de la serranía un predador capaz de dejar pequeñas provisiones de carroña.

Una urraca se posa en un brazo del alcornoque.

—Helíaca, la gran Helíaca —dice—. Bravo por ti.

—Sí, ya —contesta—. Qué quieres.

—Interesarme por tu salud, claro. ¿No te duele nada?

—pregunta mirándola de arriba a abajo—. Ya sabes, y si no lo sabías te lo digo: nos tienes a tu disposición.

—Con que no me molestes me basta.

—A eso iba —dice—. Hoy mismo empezaremos.

—¿Empezaréis?

—A no molestarte, claro.

—Bueno.

—¿*Bueno*? —dice la urraca indignada—. ¿No vas a decirme nada más? Ser no molestado por nosotras es un privilegio. O si no, pregúntales al buteo o al cárabo o al Gran Duque o a...

—¿Qué quieres?

—Absolutamente nada, por supuesto —dice con fingida indignación—. Bueno, apenas una pregunta, ¿para cuándo el próximo?

—¿El próximo qué?

—El próximo corzo o venado o lo que sea —dice encogida de hombros—. Ya sabemos de lo que eres capaz, y... otra cosa —grazna con los ojos entornados—. Si tú quieres, podemos dejar de no molestar "a quien tú ya sabes"... No hace falta que digas nada, Helíaca, íbamos a hacerte el favor de todas las maneras.

Los córvidos saben que con la pareja del Real en el nido cuidando de los pollos, pasará mucho tiempo hasta que les deje a ellas algún despojo de caza mayor. De momento, les conviene más que sea Helíaca quien esté en el prado, así que empiezan a graznarle al Real en la cara de sol a sol.

Los resultados de aquellos cálculos urraquiles no se hacen esperar.

—Hola.

—Hola, yo me llamo Helíaca.

—Sí, el águila que caza pegada al suelo, como los azores.

—Esa misma. ¿Y tú te llamas...?

—No me llamo de ninguna manera.

—Por aquí te conocen como El Real.

—Sí, ya lo sé, no importa.

—Yo también te llamo El Real.

—Está bien, puedes hacerlo.

—Dime, ¿qué quieres?

—He venido a pedirte algo.

—Creo que ya conoces la respuesta.

—Pero tienes que irte. Tenemos nido en un alcornoque aguas arriba.

—Algo he oído.

—Mira, eres joven y sigues fuera de macho. Puedes buscarte otro territorio.

—Real, he venido de muy lejos y he aguantado muchos reproches —le dice Helíaca—. Creo que este territorio me lo he ganado.

—Bien, pero este paisaje... mucha quebrada, mucha angostura.

—A mí me va bien.

—En una dehesa estarás mejor y si te quedas tendré que cazar cerca de los pueblos.

—Me quedo.

—A ella no le gusta que estés aquí.

«¿A ella?»

—¿Tampoco tiene nombre?

—Mariaire.

«¡Mariaire!» El corazón de Helíaca se salta un latido, pero no dice nada. Si las reales descubren que tiene miedo, le habrán ganado la partida.

—¿Adiós, entonces? —pregunta Helíaca.

—Sí, sólo era eso, adiós —responde el Real—. Y enhorabuena por lo de la corza, has sido muy valiente.

—Agradecida, Real. Buena suerte.

XXIX
EL ERROR DE RODES

Con el Real fuera de juego, todo tiene que ser más fácil por fuerza. Helíaca ya no tiene que estar siempre en el mismo sitio. Ahora puede ir cambiando según llegue el viento o con la hora del día. En la atalaya de la zorrera parece haber más movimiento por la tarde, mientras que al otro costado de las jaras, las madrugadas son mucho más entretenidas.

Lo primero es tomar posesión. Helíaca remonta a la atalaya del Real, alza la cabeza, sacude la cola, ahueca las plumas. Ya no es invitada de nadie. Nadie podrá decirle que ese sitio no le pertenece, que se vaya a cazar a otro lugar, que se busque su territorio. No. Ese es su territorio. Ahora, eso sí, toca defenderlo. No le parece una misión complicada. El Real ya ha reconocido su derrota.

¿Y Mariaire?

La noche trae consigo la imagen del águila asesina tal y

como Helíaca la recuerda en su sueño: una gárgola con manos peludas y nariz de hombre.

Con la primera luz del día empieza a moverse el bosque. Salen varios gazapos muy pequeños: su madre los vigila desde la linde con la espesura. Luego sale una perdiz pardilla con un montón de perdigones ya medio emplumados que no se apartan de los matorrales. Y, al fin...

«¡Una liebre!»

Helíaca sabe que es la que le pateó la cara porque tiene la misma mancha de sarna sobre el ojo derecho. La liebre, increíble pero cierto, mira hacia arriba, al árbol. Luego entra tranquilamente en la hierba alta a esperar a que pase el peligro. Aunque Helíaca no puede verla, el zarandeo de las espigas le marca la estela de su camino; Helíaca sigue con la mirada el vaivén del henillo a lo largo de la trocha oculta hasta que se detiene a la derecha de un madroño.

Sólo tendrá que recordar la posición del encame respecto al arbusto. Salta de la atalaya con el viento de cola, a ras de suelo, hacia el árbol. Al llegar a la maleza remonta hasta la altura del pasto y, justo antes de llegar al madroño, asciende en vertical y se queda cernida un instante hasta encontrarla. Ahí está, mesándose sus largas orejas con las manos. Helíaca cae sobre ella a plomo, le trinca de la cabeza y los riñones y aprieta con fuerza hasta sentir su vida apagarse entre las garras.

Helíaca practicó el lance largo, atacando la explanada desde el fondo, en toda su extensión; y el corto, apareciendo por sorpresa detrás de la isla de monte bajo. Aprendió a aprovechar las maniobras de otros predadores, como aquella garduña que llegaba a huronear en las madrigueras y le dejaba los conejos a huevo; o aquella zorra que un día le levantó un faisán blanco de granja y lo trincó al vuelo como un torzuelo.

Comió tanto y tan variado que hizo una muda perfecta.

Cambió todas las plumas, incluso las nuevas que le salieron al arrancárselas en la muda para espanto de Rogelio.

Las cosas empezaron a ponerse más difíciles desde aquella mañana en que aparecieron desperdigadas aquí y allá una docena de perdices degolladas.

El cárabo Alejandro.

Uuuuy, uuuy, uuuy...

—Ha llegado la comadreja, Alejandro —le dice Helíaca—. ¿Te atreverás con ella?

La rapaz nocturna se marcha dejando una estela de úes en el aire.

En cuanto se corre la voz de la masacre de perdigones, el prado queda totalmente desierto y Helíaca tiene que ir en busca de nuevos cazaderos. Remonta el cauce del Ibor de árbol en árbol, aguas arriba. El río discurre extraño, a disgusto consigo mismo, como si advirtiera con su ronroneo de cantos rodados de alguna tragedia inminente. Helíaca asciende por el fondo del valle con una extraña sensación de angustia: todo es monte cerrado; los pocos calveros que halla tienen alguna trocha de conejo, pero no hay atalayas donde posarse, ni apenas recorrido para una rapaz de su tamaño.

De pronto aparece un águila grande entre la espesura.

Mariaire.

La ve remontar hasta las ramas bajas de un gran alcornoque. Arriba, en la copa, dibujado entre el damero de luces de la fronda, un círculo opaco: el nido de las reales. Hay que largarse de allí y rápido.

¿A dónde?

Pues a su querencia, claro, al prado. Y cuál no sería su sorpresa al encontrarse un buteo en la atalaya del alcornoque. No hay nada que decir. Se arroja a por él. Al ver acercarse al águila, la rapaz se deja caer ladera abajo. Craso error: con su mayor peso y superficie de ala, Helíaca no tarda en acortar distancias. La sigue de cerca, con el pico en la cola.

—¡Déjame, déjame, déjame! —suplica atropelladamente el busardo[41], sorteando peor que bien las ramas y troncos de la arboleda—. ¡Tres pollos, tres pollos! ¡Ay, ay, ay, ay!

El ratonero da un quiebro y se mete a saco en un chopo arramblando con hojas y ramas. Helíaca se posa encima de él, en un tramo seco del árbol.

—¡Casi me mato, carracas! —dice mirando hacia arriba, asustado y desafiante al mismo tiempo—. ¿Por qué no te largas tú? No sé qué moda es ésta de que las águilas cacen desde posadero.

—Ese posadero es mío —le dice Helíaca—. ¿Es que no sabes quién soy?

—Pues un águila, por eso te lo digo —dice entre cabreado y confundido—. Estas atalayas las hemos cazado los ratoneros y los azores, de siempre. ¡Mucho morro! ¡Mucho morro!

«¿Mucho morro?»

Helíaca se lanza a por él de cabeza atravesando el follaje. El buteo sale despavorido del árbol sin poder remontar y se deja caer monte abajo. Está aterrorizado. Y con razón.

«¿Mucho morro?»

Helíaca aprieta y lo acorrala junto a un chaparro. Va a matarlo.

—Vale, vale, perdona —dice el buteo—. Te has ganado el prado, de acuerdo; lo único que digo es que me extraña tu forma de cazar.

—¡Qué forma de cazar!

—Eres un águila. Lo tuyo es trasponer cumbres, no quedarte ahí atalayado.

—¿Trasponer cumbres?

—¿Pero tú de dónde has salido? —le dice mirándola como si tuviera somormujos en la cara. Y entonces se da cuenta.

—¡Eres una imperial! ¿Qué carracas haces tú aquí? Como te vea Mariaire, te va a sacar los hígados. Luego no digas que no te he avisado.

Helíaca le dice que no se irá de allí por mucho que aquello no sea una dehesa y por mucho que las reales tengan nido en la ladera.

—Si te enseño a cazar como las águilas —le dice el viejo buteo—, ¿me dejarás ponerme en la atalaya de levante?

—En la de poniente.

—*Buf*, pero es que la de poniente...

—En la de poniente —dice Helíaca erizando las plumas de la cabeza—. Hasta que críes a tus pollos. Y no hace falta que me enseñes nada.

—¿Y tú? —le dice el viejo ratonero—. ¿Es que nunca vas a tener pareja?

El buteo remonta el vuelo sin esperar a que Helíaca conteste y la deja envuelta en las muchas y diversas voces del atardecer de los montes; despiertan a la noche incipiente los autillos y los búhos chicos; afloran también en los cielos rumores de abejarucos que regresan apresurados a sus dormideros en las riberas de Fresnedoso con el tiempo justo de luz; despiertan las ranas lujuriosas en los remansos del río donde los dulces alevines se asoman al aire a escuchar los últimos trinos del ruiseñor Gabriel, más tenaz en el canto que su socio Galán en aquellas primeras anochecidas del verano, pero ya sin ganas de terminar sus versos por el desinterés de su parda ruiseñora, que nada querrá ya del amor hasta un nuevo abril.

XXX
TRES ESTACIONES

Mediarían tres estaciones hasta que la savia del deseo rebrotara de nuevo en los animales de la sierra pero, ya en enero, las grandes águilas se preparaban para la primavera con sus misteriosos y antiquísimos ritos.

Helíaca no lo sabe. No sabe por qué está asomada al vasto horizonte, que se extiende hacia el norte desde los riscos cimeros entre las dos vertientes de la sierra de Ibor.

Asciende por el aire celeste y frío de la atardecida y se atalaya allí a lo alto antes de que el campo se vacíe de luz, a lo lejos, ante la mirada somnolienta y gatuna de una zumaya que, confundida entre los líquenes de las rocas, observa a Helíaca con una penumbra milenaria en los ojos.

Es pronto para que el heraldo de la noche entone su monótono *co-roc co-roc co-roc*, pero se arranca y parece no ir a acabar nunca. Helíaca desea que la zumaya calle, y calla sin necesidad de pedírselo. Calla la zumaya y calla la luz en el silencio denso de cuando el aire se queda donde está y la noche, más que caer, muere, y todos los animales, hasta el último insecto, sucumben al terror de la nada.

Un lobo joven alivia a todos con un largo aullido.

También a Helíaca, que ahueca las plumas y duerme, al fin, hasta la alborada.

A la mañana siguiente, Helíaca busca de oído un semejante.

Tiros en la lejanía.

¡Bauum! ¡Bauum!

Muchedumbres de estorninos saturan el aire de estridencias.

Otro día más. La tierra sigue siendo un islote desierto para Helíaca, un águila cada vez más huraña y malhumorada. Hoy tampoco ha cazado.

Llega a su atalaya tarde y sin apenas luz, y distingue en la distancia la silueta de Rodes metido por enésima vez en su territorio de caza. ¿Es que no le basta con lo que tiene? Si Helíaca no lo había matado antes fue por un mero cálculo de esfuerzo. Y ese cálculo ya empieza a ser otro.

¿Tiene ahora sentido matar a quien caza tu caza? Sí.

Helíaca vuela directa hacia el ratonero con la última luz del día. Es un extraño ratonero: muy oscuro; más largo y estilizado que el más común de los buteos; las garras son de un amarillo fuerte, casi anaranjado: fenomenalmente grandes.

Los ratoneros son muy comunes y variados de plumaje y, por tanto, es normal que Helíaca los haya visto en toda su escala de fases, desde marrones oscuros hasta casi albos...

pero nunca ha visto ninguno de un marrón tan profundo y con los hombros blancos. El izquierdo y el derecho: blancos.

«Tú no eres Rodes», se dice a sí misma ya en el aire.

Auk

«¡Una imperial!»

El torzuelo, más ágil que ella, se deja caer de la rama y precipita la noche con su vuelo fugaz.

«¡No, no te vayas!»

De vuelta en su dormidero, Helíaca procura recordar cómo era aquel enigmático intruso.

«¿Era grande? Sí, muy grande. Un torzuelo enorme. Bueno, no tan grande».

Espléndido, eso sí. Si supiera dónde está, Helíaca volaría hasta él en plena oscuridad. ¿A riesgo de estrellarse contra una rama?

Improbable. Después de tantos meses cazando en ese prado, sería capaz de surcarlo con los ojos cerrados.

«¡Una imperial! ¡Una imperial!»

Esta noche, las estrellas brillan para ella; las zumayas, los abejarucos, los grillos y las ranas cantan para ella... ¡Le pediría a Gabriel y a Galán que entonaran en su honor la famoso *rap* de "Helíaca, la gran Helíaca"! Bueno, quizá no. Al fin y al cabo un águila debe saber guardar ciertas formas.

«Tranquila, Helíaca, ya volverá».

XXXI
JAÉN

aum! ¡Baum! ¡Baum!
El sonido de los disparos no es nuevo para Helíaca. Los oía en las torres del Pardo cuando era pequeña; los oía desde la muda que compartió con Rogelio en el centro de rapaces y nunca dejó de oírlos en sus atalayas de caza de la sierra de Ibor.

El sonido de cada disparo es largo y lento, como una historia con su principio, *baaa*, y un final de lamento en la cola de la detonación, *uuuum*.

¡Baum! ¡Baum! ¡Baum!

Los disparos llegan de ambos lados del cerro: del valle del Ibor y también de la vertiente norte, desde más allá de los jarales impenetrables donde la sierra va dando paso a las mesas de raña[42] y a las grandes cerveras[43] de Castilla.

Auk...

¡Ahí está! Helíaca ve al torzuelo a gran altura volando

pico al viento, sin mover ni una pluma. Permanece en una extraña quietud, como un trapecista en plena concentración. El torzuelo mira a Helíaca allí abajo, diminuta, en su risco — la mira mirarle—; el águila macho alza el ángulo de ataque y empieza a elevarse hasta quedar en vertical; entonces se deja caer hacia atrás, hace un medio tirabuzón y se desploma en un picado invertido.

Helíaca lo mira hacer todo esto con inquietud por miedo a que no logre salir de una de esas piruetas con el vuelo controlado y acabe dando con sus huesos en las jaras. No comprende a qué viene ese exhibicionismo infantil... ¡y admirable!

«Si al menos cazara algo...»

Helíaca lo llama:

«¡*Auk!* ¡*Auk!*»

Al llamarlo da un sobresalto a una collalba rubia[44] que andaba picoteando las vainas de una retama; la collalba se queja airada y acuden raudos varios carboneros y un herrerillo, este último a ras de suelo, rozando los bigotes de una zorra en el momento en que ésta se dispone a saltar sobre una liebre encamada; al descubrir a la raposa, la liebre corre ladera abajo a toda velocidad y dobla un recodo de la trocha a galope tendido; la liebre levanta a siete perdices que saltan hacia arriba y sobrevuelan el monte bajo hacia una charca; el aterrizaje repentino de las perdices hace saltar a una focha que da un respingo y se lanza hacia unas eneas donde yace oculto un lince; al sentir el chapuzón de la focha en el agua, el lince sale corriendo a tierra firme y levanta, con gran algarabía, a un tremendo y solitario sisón[45] que dormitaba en un berceo[46] y que es divisado de inmediato por una prima de peregrino; la prima y su copla van dando jaque al sisón por el aire y lo fuerzan a subir más y más, sin que ninguno de los tres advierta la presencia del torzuelo de imperial, que no tiene más que acercarse al sisón exhausto y cogerlo del cielo sin esfuerzo.

El torzuelo deja caer el sisón muerto a los pies de Helíaca y vuelve a alejarse de la cumbre.

—¡Ven, ven! —le dice la del Pardo.

Ni caso. Aunque tiene un hambre feroz, Helíaca salta de la roca y vuela hacia el torzuelo.

—¡Mira, mira! —le dice el macho muy rápido—. ¡Que nos van a quitar el sisón!

—¿Cómo te llamas? —le pregunta Helíaca mirando su anilla en la pata derecha.

—Jaén —dice—. Y tú debes ser Helíaca, ¿no? La pequeña de Adalberti.

—No tan pequeña.

—¿Es verdad lo de la corza?

—Lo es.

—Vaya tela... manos no te faltan, desde luego —dice Jaén—. Oye, siento lo de tu padre, que ya me enteré.

—¿Tú lo conociste?

—Era hermano de mi madre.

Las dos águilas se quedan mirando en silencio mientras la zorra a la que rozó los bigotes el herrerillo, se lleva el sisón muerto hacia las jaras. Las águilas la ven llevarse la pieza. No les importa.

Ese mismo día surcan ya juntas las laderas de la sierra de Guadalupe. Jaén es un águila marismeña, de Doñana. Estuvo un par de temporadas en Cazorla, y llegó al valle del Ibor después de pasar el otoño en los montes de Robledo del Mazo y Piedraescrita.

—Tenía ganas de conocerte, ¿sabes? Hacen falta águilas como tú, con un par —le dice el macho a su Helíaca—. Ahora... no me vuelvas a hacer lo de la corza, te lo pido. ¿Tú sabes la fuerza que tienen esos bichos?

Jaén sabe mejor que nadie a quién toca cazar dónde. Le da la razón al buteo Rodes: eso de cazar como un azor quizá funcione en las dehesas y en grandes calveros de monte, pero en estas sierras... La cuestión sigue siendo, ¿cómo cazan las águilas?

—Helíaca, aquí lo que toca es trasponer las cuerdas de los cerros, así peinas mucho monte y apareces como la Luna, ¿sabes lo que te digo? Para cuando te han visto los conejos, ya estás encima.

Pasan la noche en el mismo árbol del prado, y al amanecer del día siguiente salen a volar juntas por las cumbres.

—El aire siempre huye hacia las sombras —le dice Jaén mientras se deslizan sobre el Ibor, aguas abajo—, y las sombras siempre huyen del sol.

El valle, abocado hacia Oriente, se ilumina con los primeros rayos del sol. Enseguida se encienden las copas de los chopos y en cuanto aprietan los primeros calores se aúpan a una térmica. A media mañana, ya tienen debajo la entera serranía del Ibor.

—Si le coges el tranquillo a los vientos de cola, cobrarás

muchos conejos y liebres, y lo que te dé la gana, porque eres grande y eso... ¡que vaya manos!

Jaén y Helíaca bajan y suben por las laderas, siempre de sol a sombra, siguiendo al viento, sin apenas esfuerzo.

Mientras Helíaca juega con las corrientes aparece un conejo despistado entre unos tomillos. Jaén la avisa desde arriba.

—¡Bicho, bicho!

Helíaca pliega las alas y se desliza hacia él, pero ve que tiene cerca una retama rastrera. Lo deja pasar y sigue ladera abajo con el viento de cola. Jaén se le acerca desde atrás soliviantado.

—¡Pero qué haces!

—Es que no iba a llegar.

—¡Esto no es una dehesa, mi niña! —le dice—. Si quieres criar en estas serranías, vas a tener que estar dispuesta a romperte alguna pluma de vez en cuando.

Helíaca no discute. Se da cuenta de que Jaén está hambriento y recuerda, además, que perdieron el sisón por su culpa. Y, desde luego, nunca conviene discutir con un águila en yarak.

«¡Una chova![47]»

Acaba de trasponer la cuerda y se ha encontrado a las dos imperiales de sopetón. Nada puede hacer para escapar de Jaén, que se catapulta hacia el cielo con una poderosa serie de aletazos y se la lleva por delante. Adiós chova. Adiós yarak.

Jaén resulta ser un cazador formidable, valiente. ¡Le va a todo! En el mes de abril, mató no se sabe cuántas perdices, el matacán más grande que había visto Helíaca en su vida...

¡y un zorro! A Helíaca le cuesta creer que sea capaz de resistir la tentación de cazar un corzo si se le presenta la oportunidad. Pero no: si Jaén ha llegado a adulto es porque, además de valeroso, sabe ser prudente.

—Mi niña —le dice—, deberíamos ir a los montes de Robledo del Mazo que están más a resguardo y hay árboles más altos.

—Uy —le contesta Helíaca—. He echado el ojo a unos pinos estupendos cerca de Fresnedoso.

—Pinos no, romerilla, que a veces les da por romperse. Si quieres quedarte en tu territorio, mejor vamos a los alcornoques grandes, aguas arriba.

—Ese es territorio de las reales.

—¿Qué reales?

—Un viejo torzuelo sin nombre y una tal Mariaire.

—¿Pero tú sabes quién es Mariaire?

—Algo he oído.

Jaén agita la cola y mira a su alrededor.

—Tenemos que irnos de aquí, Helíaca —le dice—. No creo que merezca la pena hacer nido en estas sierras.

—Aquí vivo yo —contesta, y no vuelve a decir más.

Jaén se queda a su lado horas y horas sin decir nada. Finalmente se va. Helíaca vuelve a quedarse sola con una extraña sensación de paz y de derrota. Transcurre la tarde en el alcornoque del prado sin disparos en la distancia, sin urracas ni ogralíbares. Tan sólo circula por allí la cuadrilla del pulgón: tres carboneros, seis herrerillos, dos reyezuelos, un agateador y una docena de mitos que andan siempre juntos por el bosque, sin perderse de vista, unos por el suelo, hurgando entre la hojarasca y otros por las ramas y troncos, inspeccionando el envés de todo en busca de larvas y cosas.

Al caer la tarde, Jaén regresa con una rama verde en una garra.

—He visto un viejo nido de azor en un piñonero no lejos del prado —dice—. Sí, ya sé que dije que en pinos no, pero éste no parece mal sitio.

XXXII
TERNURA EQUINOCCIAL

A medida que se alargan los días, la plataforma que las imperiales empezaron a construir sobre la base del viejo nido de azor se va haciendo más y más grande. Las dos águilas trabajan a todas horas en la recogida y colocación de las ramas, que dirige el experto torzuelo.

—Así engarzadas, Romerita, así.

La construcción del nido obliga a las águilas a mantener una proximidad que al principio violenta a Helíaca; pero cuanto más alarga el día, más va tolerando la del Pardo esa cercanía: incluso empieza a acercársele ella misma hasta rozarlo con las plumas caudales. Helíaca observa a Jaén tumbado en el centro del redondel reordenando ramas verdes en una compacta urdimbre.

Sin duda, es un macho hermoso.

Helíaca no puede dejar de mirarlo. Lo mira y lo mira. Engendra en su retina nuevas águilas a su imagen y semejanza; en el aire, la del Pardo trata de reproducir sus picados y medios toneles, y se lanza a por cornejas y chovas encadenando dominadas de aire desde abajo, a base de músculo y pura fuerza. A pesar de ser demasiado grande y corpulenta para esos lances finos de potencia, finta y maniobra, el impulso replicador es incontenible.

Helíaca se tumba a su vera en el nido. Se aúpa el macho sobre ella y Helíaca baja el cuello, invitándole a buscar entre las plumas el único lugar donde dos águilas pueden besar sus carnes hasta unirlas y fundirlas; hasta unirse y fundirse, y forjar Helíaca en sus entrañas una réplica de la belleza de aquel macho ejemplar: el nuevo padre, el futuro de la estirpe.

No tarda en llegar el primer huevo y no llegan más. Uno. Helíaca se pasa las horas inmóvil sobre el nido, como en un trance.

—Venga, romerilla, arriba.

Helíaca no contesta. Parece como si en vez de estar sobre el huevo hubiera regresado dentro de él. Jaén la mira con gravedad. Ella debe cederle el turno a él, darle relevo y alzar el vuelo para cazar, para estirar los músculos entumecidos por las horas prolongadas de reposo. No le dice nada. Él prefiere, en todo caso, mantenerla avituallada a base de ave, sobre todo. El olor de las plumas mojadas en sangre sume aún más a Helíaca en sus memorias violáceas del despertar al mundo dentro del huevo pequeño, sobre el nido de la torre con su ronrroneo eléctrico (y mortal).

Recuerda haber estado dentro del huevo y haber salido de él. Recuerda la voz de su madre y el silencio de su padre:

un silencio singular que no deja de oír ni siquiera después de su muerte. Helíaca recuerda.

Padre.

Madre.

Mariaire.

Helíaca sale de su torpor y mira en torno suyo con la nuca erizada.

¡Bauum! ¡Bauum! ¡Bauum!

Las escopetas vuelven a resonar por los Ibores.

¿Y Jaén? Tarda demasiado en volver.

Auk, Auk

Ahí está. Llega con un somormujo. Extraña pieza.

—¿No habrás ido otra vez a los bodonales?

A veces a Jaén le toca acercarse a las riberas del Tajo, cerca del embalse de Valdecañas, donde empieza el río a ensanchar en torno a unas orillas cambiantes de tierra quebrada y sin apenas vegetación pero que, a menudo, ofrecen fochas y otras aves acuáticas que el torzuelo de Doñana captura con destreza; pero son zonas peligrosas, demasiado próximas al enjambre humano.

—El monte hoy no estaba de fiar con tanto palo de fuego. ¿No los has oído?

Helíaca asiente.

—Andaba un hombre por aquí —dice Jaén—. Has tenido que verlo.

—No —responde la prima—. Los tiros vienen del otro lado de la sierra, de muy lejos.

—No, el que te digo venía con las garras vacías.

La lluvia despierta a la hojarasca bajo los alcornoques. Jaén se posa al borde del nido. Se agarra y lo zarandea con fuerza como queriendo asegurarse de que las ramas que lo sustentan aguantarán el peso del agua. Ver a su pareja tan entregada, alivia a Helíaca de sus continuas premoniciones de fatalidad.

¡Bauum! ¡Bauum! ¡Bauum!

Los disparos siempre habían estado allí pero ahora, con su huevo en el nido, las detonaciones son singularmente ominosas. Los tiros a ambas vertientes de la sierra y el nido de las reales aguas arriba le hace sentirse como una prisionera a cielo abierto. Jaén advierte su angustia.

—La libertad se pierde por el corazón, Romerilla.

XXXIII
LA HIJA DE HELÍACA

Helíaca nunca ha visto a Mariaire pero la presiente a todas horas; cree verla aparecer cada vez que el viento arrastra al milano negro de Fresnedoso por encima del pino dando bandazos a un lado y a otro como una cometa sin hilo; la ve en sueños, encarnada en todas las fuerzas terribles de la naturaleza que se desatan sin miedo, sin consideración, implacables e indolentes, sin nada que pueda compararse con la piedad. El fuego y la tempestad, sin embargo, se anuncian en el cielo: pero no hay humo, nube, ni trueno en la distancia que anuncie a Mariaire... Ella es el propio aire, un espectro engrandecido por sus crímenes imaginados y reales.

Cuando cesa la lluvia aparece por el centro del prado una familia de meloncillos[48]. Va en fila india, como una gran serpiente peluda, hacia el nido de las imperiales. Al oírlos, Helíaca estira el cuello y los mira acercarse a lo lejos.

—¡A ver dónde van esos! —le dice Helíaca a Jaén con la nuca erizada.

El macho se deja caer de la rama más alta y da una pasada en vuelo raso a los meloncillos, que rompen su formación y se dispersan gimoteando. Acuden raudos varios ogralíbares y urracas a participar del súbito desorden, hasta que el meloncillo y su prole se reúnen bajo el tejo de la charca.

Al ver al torzuelo posado, la madre mira a la copa del pino. Entiende en seguida que allí arriba hay un nido.

—No —le dice Jaén.

—Vale —contesta la meloncilla, que detecta allí mismo, entre la hierba verde de la umbría, un olor dulzón como de maizal fumigado. Son varias alas de pollo embadurnadas en un engrudo amarillento.

La meloncilla olfatea el cebo envenenado, recula y regaña, gruñe y mordisquea en las ancas a los cachorros que se acercan, y se los lleva a trompicones por las piedras calientes, hacia la caída del prado al río.

Helíaca sigue concentrada en la incubación sin dejar que su consorte le tome el relevo, hasta aquella tarde en que llega Jaén con una herida de perdigón en un párpado. El torzuelo se posa en el nido, tambaleándose.

—¿Qué te han hecho? —le pregunta Helíaca.

Helíaca se levanta muy despacio y se gira sobre sí misma con cuidado de no pisar el huevo, mira a Jaén y consiente por primera vez que se eche sobre él. Jaén da dos pasos hacia delante y se gira sobre sí mismo hasta colocarse en la misma orientación que el huevo. Helíaca se le acerca y le limpia con el pico unas escamas de sangre en las plumas de la cara. El macho baja la cabeza, ahueca las plumas y se acomoda el huevo de Helíaca en el cáliz del pecho.

—Hay gente por todas partes —dice Jaén—. Ya no sé por dónde ir.

—Descansa.

Helíaca se deja caer del nido y sube hasta la atalaya de las rocas entre las vertientes norte y sur de la sierra. Al rato ve pasar al Real a lo lejos con un ave en las garras.

Las dos águilas se miran un instante. Todo en orden. Pero en cuanto el Real desciende hacia su nido por detrás de la arboleda, Helíaca salta a la ladera norte y se mete de lleno en su cazadero, a oriente, entre Castañar de Ibor y Guadalupe.

No es la primera vez que Jaén siente el aguijón de la pólvora, pero está bien. Sólo necesita descansar, reponerse del susto y esperar a que le baje la hinchazón del ojo. Dormita tranquilo en el nido con el huevo de Helíaca envuelto en sus plumas cobertoras.

Llega alguien.

Él no lo ve. Llega pegado a la arboleda, mirando aquí y allá; avanza atento a su propio silencio, busca islas de musgo entre la hojarasca tierna de la primavera tardía; pisa en lo húmedo hasta que se detiene de golpe y mira hacia el nido. Jaén alza la cabeza. Lo mira. Observa su pelo tieso y canoso, como el de un viejo jabalí; su cara desnuda está surcada de arrugas profundas que se espigan en las comisuras de los ojos. Jaén le oye aguantar la respiración.

Mientras, allá por los cerros, Helíaca va pasando de una ladera a otra de las cumbres orientales del Ibor buscando su pieza favorita. Un perro cimarrón levanta un conejo mediano que se arranca monte abajo entre las rocas. Allá va la del Pardo, hacia las entrañas del territorio de las reales.

Jaén ve acercarse al hombre entre el ramaje. El hombre mira el nido, se acerca. Jaén aguanta. La cercanía del hombre le despierta horror, ira, repugnancia. Detesta al hombre porque ama la vida y sabe que contra él no tiene nada que hacer. Se siente irritado y débil.

En el territorio de Mariaire, Helíaca persigue al conejo barranco abajo y lo atrapa dentro de una jara. El conejo solivianta el aire quieto de la sierra con un grito acerado y penetrante. Mariaire alza la cabeza en lo alto de su alcornoque.

En el prado de las imperiales, el hombre avanza. El águila lo mira. Desea que vaya hacia otro lado; a la charca, al enebro, al pasto seco. No. Va hacia el pino, directo al tronco. Jaén se siente enfermar por momentos. Aguanta de pie, agarrado con fuerza al borde del nido. Mil descargas eléctricas le envían órdenes contradictorias:

"¡Huye!"

"¡Aguanta!"

"¡Ataca!"

Jaén aguanta. El pino no fue elegido al azar, claro. El torzuelo sabía que si alguien o algo quisiera alcanzar el nido, antes tendría que salvar una gran altura de tronco pelado sin puntos de apoyo. El hombre se planta en la base del árbol circunspecto y silencioso. Se mueve despacio; no quiere cometer errores. Saca de su mochila de lona un arnés, lo coloca en el suelo y pisa en los orificios de sendas piernas. Se lo sube hasta la cintura y lo ajusta.

Saca una correa ancha, la pasa por detrás del tronco.

El conejo está muerto, pero el eco de su grito sigue vivo en la cabeza de Mariaire que salta del nido y busca una térmica. La encuentra. Sube alto, alto, alto y escruta con la mirada cada jara, cada peñasco. Busca avanzadillas de ogralíbares, cualquier signo que delate la predación furtiva en su cazadero. Oye urracas.

> *Raca, raca...*
> *¿Escapar rapaces?*
> *¡Sé capar rapaces!*
> *Arroz a la zorra...*
> *¡Dábale el abad!*

En el nido, el hombre se despoja del arnés y se abre paso por entre las ramas secas del piñonero. En su avance a través de la maraña de leña muerta se rasga uno de sus guantes de piel de venado. La punta de la rama, dura como el cristal, le lacera la mano de lado a lado, pero el hombre sigue. Sabe lo que quiere. Avanza con la mirada entornada hacia el gran óvalo oscuro. Avanza y ve asomar la cola rectangular del bravo torzuelo. Jaén no pestañea.

Helíaca, el águila que caza como los azores, alcanza el valle en vuelo raso y se escabulle aguas abajo entre la arboleda antes de ser vista por Mariaire, cuya sombra diminuta se desliza suavemente sobre las sudorosas jaras.

Helíaca baja rauda entre los fresnos con el conejo muerto
entre las garras y se posa en una roca. Mira al cielo muy
quieta. Mariaire se cierne casi inmóvil a una altura insólita y
se queda ahí como si le costara resignarse a que una imperial
furtiva le robe un conejo y viva para contarlo.

Jaén no ve la mano ensangrentada del hombre asomar
sobre el nido. No ve asomar un asa de cables negros junto a
la correa de su morral de cuero. Huye al sentir la vibración
de los brazos humanos alzándose a pulso desde una de las
ramas. Ahí va, al albur de los vientos sobre los collados y las
sierras. Cada vez más lejos de Helíaca y de su "hija". Cada
vez más cerca de las pedregosas laderas de las reales. Cada
vez más lejos del futuro. Cada vez más cerca de su suerte.

El párpado inflamado le impide ver la caída a plomo a es-
tribor de Mariaire, que desciende de los cielos en tromba con
las manos sedientas, desemballestada, como un gran sacre[49]
del desierto. El golpe desdibuja la silueta de gran velero del imperial. Sin alternativa para la defensa, el águila marismeña es
arrastrada por los aires. Los animales de la sierra de Guadalupe miran al cielo. Monta de cola Mariaire y traspone la cuerda,
ladera arriba, arrastrando una asimetría de alas rendidas.

Se lleva Mariaire a Jaén de los tarsos y caen los dos tras
los riscos. El perfil de la sierra se dibuja como una mandí-
bula rota. Irrumpe tras las rocas Mariaire, catapultada como
una cruz. Aparece desplegando sus pardas velas y se deja
llevar por el viento hacia el territorio de las imperiales. Va a
pecho descubierto como diciendo, "aquí estoy yo, he vuelto,
he vencido".

XXXIV
MARIAIRE

¡Baum! ¡Baum! ¡Baum!
Helíaca escucha disparos más abajo, entre Bohonal y Fresnedoso; vuela bajo para regresar a salvo de las escopetas y a salvo de Mariare.

No quiere ser vista, pero el hombre todo lo ve. Ya está lejos: camina aguas abajo, pero ha dejado en el nido de Helíaca una cámara afirmada con abrazaderas de nylon a una de las ramas verdes que sobresalen sobre la plataforma.

Desde el enjambre humano verán los hombres llegar a Jaén y Helíaca. Los verán turnarse en la incubación del huevo; levantarse y cambiar de posición; entornar los ojos; aguantar estoicamente aguaceros y calores.

Celebrarán el nacimiento de la hija de Helíaca. Aficionados y ornitólogos de todo el mundo verán al padre llegar con un calamón, a la bravísima madre con un rayón de jabalí, al padre con una ganga[50]...

No, nada de eso va a suceder.

La cámara transmite en directo desde el nido. El huevo espera el calor de Jaén. Espera a Helíaca. El reloj en la parte inferior derecha de la pantalla indica la hora exacta de todo.

12:03 p.m.: una mosca aparece y desaparece sobre el huevo blanquecino y se gira sobre sí misma como una veleta de cobre.

12:27 p.m.: dos rabilargos se posan en el nido, saltan por encima del huevo.

12:37 p.m.: avispas sobre la cáscara interior del huevo roto.

Fuera ya de los dominios de las reales, Helíaca desciende por el valle hacia el gran pino piñonero hasta que finalmente sale a cielo abierto con su conejo en las garras.

Llega raudo Rodes, que trata de ponerse a rebufo del águila.

—Helíaca, han matado a Jaén.

—¿Quién te lo ha dicho?

—Calandria de la Sierra —responde el buteo—. Está junto a una acequia.

—¡Mientes, Rodes!

—¡Que no! Mariare se lo ha llevado por los aires al otro lado de los riscos.

—¿Pero lo has visto?

—Yo no, pero De la Sierra dice que hay un águila tirada allí junto a una acequia, ya te lo he dicho, junto a unos carrizos —le dice el ratonero.

«¿Cómo? Ese no es el territorio de Mariaire».

—Enséñame dónde.

—Está demasiado cerca del pueblo, Helíaca. No te la juegues.

Rodes la acompaña hasta que aparecen los primeros caminos de tierra y se vuelve hacia el monte.

—Adiós, Helíaca. Lo siento.

Según se acerca a los campos de cereales, el calor se va haciendo más intenso. Y aunque el día está despejado hay una densa calima. Si quiere encontrar a Jaén, debe volar más bajo. Helíaca busca. Vislumbra desde lo alto, por el aire enmudecido, sobre la linde de carrizos, un trazo de verdor en la tierra labrada. Jaén no aparece. Helíaca vuelve a sentir la presencia ominosa de Mariaire proyectando una sombra difusa sobre los campos, que se extienden como un gran cementerio de ausencias excitadas, de sueños y resurrecciones. Recuerda Helíaca el águila del jaulón.

Meles Meles le dijo que no hablara con ella, pero se detuvo y miró a la cara al águila nariguda; el águila enamorada y loca (siempre en yarak, siempre en yarak) que iba por el mundo matando águilas.

Ahí fuera
yo te muero,
yo te muero.

Helíaca columbra una mancha extraña sobre el suelo a escasa distancia de una fresneda. Por el tamaño y por el color podría ser un águila, pero también un ave de corral muerta o un perro envenenado o una basura. Helíaca teme bajar más: teme los postazos, teme que aquello de allá abajo sea, efectivamente, lo que queda de Jaén: su imagen especular, su adorado tótem de virtud y de hermosura.

«No, por favor».

Helíaca encoge los hombros. Siente el viento en la cara mientras cae rápidamente hacia el barbecho. Y, sin embargo, apenas alcanza a ver el águila o lo que quiera que sea aquello. En vez de acercarse, la mancha oscura parece que se hundiera en el aire sucio y polvoriento. También se alejan los carrizos, el terreno labrado, el camino...

Helíaca hace un esforzado picado a contraviento. Se posa en la linde.

Quien agoniza acurrucada junto a los carrizos manchados de sangre es Mariaire.

«¿Cómo?»

La joven imperial la mira. Es una real muy grande y, sí, lleva pihuelas, pero no es ningún monstruo. Le mira el pico. Los ojos redondos, humillados ante la presencia de la muerte.

Helíaca salta hacia ella. Cuando va a caerle encima rectifica y se posa a su lado con las alas abiertas, la nuca encrespada, el pico entornado... Suspendida en un equilibrio inestable de ira y confusión, Helíaca repite ese baile grullesco una y otra vez sin llegar a tocar a la real: en el suelo pedregoso del bancal se apaga un águila mortal con su plumaje castaño, su cabeza leonada, sus plumas agitadas por el viento: todo en su anatomía le resulta familiar.

—¡Y mi torzuelo! —le interroga Helíaca envuelta en un torbellino de polvo, de cardos, de basura...

A media distancia en vuelo raso, dando voces, tratando de hacerse oír en medio del vendaval, un grito advierte a Helíaca del peligro que llega del cielo.

Auk, Auk

Helíaca alza el vuelo, y remonta esforzadamente hacia aquel espejismo... No es una visión. Es Jaén.

XXXV
NUBARRÁN FUERZA

NIMBOGRUEL! ¡NIMBOGRUEL!", le grita el torzuelo. Helíaca no lo oye. Cuando finalmente alza la cabeza hacia la nube, ya es demasiado tarde. Un oscuro nimbo se cierne sobre los campos robándose para sí todo el aire que pasa por debajo. Helíaca asciende rodeada de pajas y cardos, de papeles y bolsas de plástico, de una hojarasca de gorriones y estorninos y cotorras; y tórtolas que suben en silencio porque la nube también engulle sus arrullos y graznidos.

Helíaca trata de forzar alguna maniobra que le permita, al menos, entrar en la nube de refilón y salir por arriba; pero no le va a dejar. Al desplegar las alas sube aún más rápido; las repliega y pierde el control. Helíaca está perdida. Se convierte en una simple basura sometida al abuso de aquella negra y nubarrán fuerza.

El nimbo se devora a sí mismo: su panza oscura pende como un pulmón enfermo. Se desgarra en largos flecos negros que acaba engullendo con su boca negra y aberrante. La nube se estremece en una continua sucesión de chispas y truenos. Y Helíaca se precipita a su centro, al núcleo más oscuro y voraz donde el nimbo convierte la claridad en tiniebla, el vapor en hielo, el cielo en infierno.

Los chispazos iluminan grutas surcadas por estelas blancas: enormes bolas de hielo sacudidas por las turbulentas entrañas de la nube. Apedreada por el granizo, Helíaca se suplica a sí misma, «no te mueras, no te mueras», y desde una profunda cornucopia, resuena el recuerdo de un viejo sueño, "Yo te muero, yo te muero".

Ávida de vida, Helíaca le suplica al Sol que abra aquella nube cavernosa. Debe escapar. No quiere morir sola.

El nimbogruel aprieta las mandíbulas.

CRAAAAC

—¿Padre?

—¡Y dale! ¡Que no soy tu padre!

—¿Meles? ¿Meles Meles?

—¡Meles! ¡Meles Meles!

—¡Sálvame!

—¿Salvarte? Esto es un caos ingobernable. Seguramente casques.

—¡No! ¡Jaén! ¡Mi hija!

—De eso, poco o nada.

—¡Pero está vivo! ¡Lo he visto!

—Sí, claro, pero se ha largado, ¿qué te crees?

—¡No! ¡No!

—"¡No!" "¡No!" ¡No me seas gilirráptor! Se ha arriesgado

por ti a anidar en una aguilera de reales, en un valle lleno de cafres dispuestos a volarle la cabeza. ¿Qué más quieres? Y en cuanto a "tu hija", no exageres, sólo era un huevo. Pon otro y pelillos a la mar.

Helíaca se lanza hacia el tejón y despierta por encima de la nube, muerta de frío y sin apenas aliento bajo un azul profundo adornado por el lucero del alba y una luna resabiada, como un viejo jabalí.

Sale de la nube, deslumbrada y dolorida, y vuela en la claridad plena del cielo madre sin apenas aire, exhausta pero milagrosamente entera.

Y ahora qué. El huevo ha desaparecido y Jaén ya no está. Con Mariaire muerta, el Real deberá criar él solo a su pollo. Quizá no pueda. Quizá se lo coman las urracas cuando él salga de caza. Quizá se muera de calor y de hambre.

Los truenos retumban por el valle del Ibor. Helíaca vuela sobre el nubarrón hasta el límite de la tormenta y desciende en picado hacia el alcornoque de las Reales en el momento en que la nube descarga su tromba de granizo.

Llega Helíaca y el Real no está.

«¿Y el pollo?»

Muerto. Tiene el plumón apelmazado por la lluvia; se le ve la piel de la panza surcada de venitas azules.

«No, espera».

Cuando Helíaca toca la plataforma, el pollo trata de alzar la cabeza. Su escuálido cuello apenas la sostiene. Ahueca Helíaca la coraza de plumas y se tumba sobre el aguilucho que empieza a hurgarle con el pico buscando el calor de la madre.

¿Cuando llegará el Real?

«En cuanto pase la tormenta».

Pasa la tormenta. El Real llega jadeante, empapado y aturdido. Tirita. Se encuentra a Helíaca custodiando el nido en una rama cimera. No dice nada. El Real se echa sobre el pequeño aguilucho. Lo encuentra seco y con buen tono. Algo ha comido. Mira a Helíaca.

El aire arrastra los roncos ecos de la tormenta hacia Anchuras dejando una estela de claridad.

—No tenías por qué —le dice a Helíaca.

—Está bien, Real.

—Su madre no tardará.

Helíaca lo mira.

—¿Aún no lo sabes?

El Real lo adivina en su pregunta.

—Me la han matado, ¿no?

—Cerca de los bodonales.

El Real no dice nada. Respira más rápido, eso es todo.

—Yo te puedo ayudar —le dice Helíaca—. He perdido el nido y estoy otra vez fuera de macho.

—¿Pero por qué lo haces?

—No lo sé, Real.

¡Qué tía!

    ¡Qué tía!

       ¡Qué tía!

¡Sí!

   ¡Sí!

     ¡Sí!

XXXVI
PAREJA IMPAR

Helíaca hace guardia en el nido mientras el Real caza en el territorio de dos: desde Guadalupe hasta el término de Bohonal de Ibor.

Su padre le había dejado una chova en el nido.

—Come —le dice la imperial.

—Soy muy pequeña —contesta el aguilucho a la madre o madrastra inexperta y accidental. Helíaca desgarra un trozo pequeño y se lo deja al lado.

—Al pico, al pico.

Se lo da al pico.

—Más.

El aguilucho come la mitad de una chova adulta y sigue sin tener suficiente.

—¿Qué es eso que me has dado?

—Chova —le dice Helíaca—. ¿Te gusta?

Llega el Real con otra chova. El aguilucho la mira.

—Mi madre me traía conejo —observa contrariado—. Mi madre estaba y ya no está.

—Háblame de Mariaire —le dice Helíaca al Real.

El Real no dice nada. Sacude la cola. Mira a su alrededor y empieza a desplumar la chova. Se sacude del pico las cobertoras negras del córvido. Unas caen sobre el nido, otras se quedan atrapadas en los anzuelos de las hojas del alcornoque o se las lleva el viento.

El aguilucho estira el cuello, eriza los cañones de los hombros y mueve la cabeza de lado a lado, como un búho, siguiendo con la mirada la trayectoria de las plumas más audaces que se deslizan por la serranía siguiendo a unos jilguerillos hacia el prado de Helíaca.

Serranía y prados de Helíaca. Un territorio tan vasto sería imposible de defender. Las dos águilas saben que en cuanto acabe la temporada de cría, el cielo se poblará de jóvenes rapaces y que volverá a arreciar la pugna por nuevos cazaderos y asentamientos.

No importa.

A pesar de los rumores y las historias que corren por el aire de pico en pico, y a pesar de los *raps* amorosos que inventarán Gabriel y Galán, la Real y Helíaca son dos, pero no son pareja. Y el pequeño aguilucho será un real sin más, como su padre, porque los nombres atraen hacia sí falsos atributos y se adhieren a ellos como abrojos. El pequeño aguilucho será el real y las reales, singular y plural, uno y todas. Y cuando Gabriel y Galán digan que Helíaca y el Real fueron un "dúo impar", dirán verdad, porque no eran pareja; pero mentirán cuando digan que "se amaron y que de ambas carnes nació una águila mestiza atrapada entre dos mundos".

Los ruiseñores no contarán la verdad: que el Real y su

vástago se marcharon cada uno por su lado en busca de un territorio tan agreste que quizá ya no exista; no dirán que Helíaca pasó varias lunas oteando por las atalayas, que pasó hambre pero cazó lo suficiente, y que al llegar la primavera mudó su plumaje de damero. Helíaca ya no quiere ni necesita compañía, al menos hasta que vuelvan a aparecer los torzuelos en las alturas cenitales del invierno. ¿Aparecerá otro Jaén cuando llegue enero?

Helíaca no se queda esperando. Se va con sus galones blancos de águila adulta, ahora que llueve mansito en el aire y parece que será otoño para siempre. Se va porque eso es lo que hacen los pájaros: irse, y vivir y morir ajenos a la gente y a sus censos de aves vivas y muertas; vivir y morir en los montes secretos donde, quizá, siga viviendo su padre.

Ruiseñores habrá que lo cuenten.

Una pareja de águilas imperiales se establece en la Sierra de Ibor

La hembra de águila imperial en el nido de la Sierra de Ibor / **ODEGRAP**

Redacción – VILLUERCAS

UNA PAREJA DE ÁGUILAS imperiales se ha establecido en la Sierra de Ibor ocupando un territorio que hasta entonces había estado dominado por una especie similar: el águila real. Sara Torremelgar, portavoz de la Organización para la Defensa de las Grandes Rapaces (ODE-GRAP) asegura que "hasta ahora no existía constancia de ninguna pareja nidificante de imperiales en esta serranía de Extremadura oriental", también conocida como Los Ibores.

"Aquí águilas siempre las ha habido, pero de las leonadas", dice Amaro, un cabrero de la localidad de Castañar de Ibor. "A esas águilas más oscuras, [las imperiales] se las ha visto por estas sierras, pero de paso mayormente, porque las de aquí, las de risco, las deben querer poco".

Carlos Miñambres, biólogo de la agrupación ornitológica cacereña Carduelis, explica que el año pasado ya anidó una pareja de imperiales en la misma zona, pero que más adelante abandonó el nido, "seguramente por la presión humana o por algún conflicto territorial". Sin embargo, Amaro, el pastor, lo atribuye a una tormenta. "Por aquellas fechas pasó por aquí una nube muy mala", recuerda. "Yo le puedo enseñar una roca abierta en dos por un rayo, conque qué no habrá hecho aquella nube con un nido de palos".

Un año más tarde, sin embargo, las imperiales han regresado y de momento les va muy bien: al cierre de esta edición, la pareja custodiaba tres pollos. "Los sacarán adelante porque éste ha sido año de lluvias y se ven más conejos", pronostica Amaro, que prefiere no culpar a la tormenta del fracaso reproductor de las imperiales la temporada anterior. "Al agua nunca hay que hacerle reproches".

Miñambres confirma que hasta el año pasado no se había registrado ninguna pareja nidificante en los confines de los Ibores. "Cuando volvimos a ver imperiales sobrevolando la zona, nos preguntamos si estarían de paso", dice.

Un águila colosal

Tras los primeros avistamientos se buscó el nido, que fue localizado en el alcornoque donde el año anterior había criado una pareja de águilas reales, y posteriormente se instaló una cámara para hacer un seguimiento de la cría (*ver foto*).

"Teníamos mucha curiosidad por saber si éstas eran las mismas imperiales que abandonaron su nido la primavera pasada", comenta el biólogo. "El macho, más bien pequeño y acrobático, parece el mismo, pero aún no estamos muy seguros". Respecto a la hembra, sin embargo, no hay ninguna duda. "Sí, sí, es ella", asegura. "Es un águila colosal". ◻

GLOSAS

1 ogralíbares de ogralíbar, rabilargo al revés; dicho así, guturalmente, por ciertos córvidos como el arrendajo americano y el propio ogralíbar, o rabilargo. | **2 zumaya** heraldo de la noche; palabra de eufonía vasca con que se conoce al engañapastores o chotacabras. | **3 torcazas** *Sois las torcazas aves de paso*, dice el poeta José J. Berenguer, *palomas de collar nunca anilladas; vuestro sino, volar por la enramada, huyendo del azor hacia el ocaso.* | **4 prima** en cetrería, hembra de cualquier ave de presa. | **5 gineta** mamífero carnívoro del tamaño de un gato, larga cola y piel moteada, traído a la Península Ibérica por los romanos, según unos, y por los árabes, según otros. | **6 garduña** mamífero arbóreo y carnívoro de la familia de los mustélidos y, por tanto, emparentado con la marta y el turón. | **7 maricas** urracas; picarazas; picazas | **8 nava** terreno anegado y llano próximo a zonas de montaña que, en este caso, son los riscos graníticos de La Pedriza. | **9 focha** ave acuática algo mayor que un mirlo, negra cómo éste y con el pico blanco, que vive en las proximidades de los carrizos donde se oculta con presteza antes de ser vista. | **10 alcaudón** una de las pocas aves carnívoras del grupo de las paseriformes, o sea con forma de gorrión; en algunos sitios los llaman "cabezones", "*capsots*" en Elche; los llamados "silvestristas" saben muy bien que el alcaudón es el terror de los jilgueros. | **11 verderol** verderón **12 gastrolitos** piedrecitas, diríase, "de molino", con las que las aves comedoras de grano lo trituran en el buche para poder digerirlo. | **13 lúgano** primo aldeano del jilguero, más abundante en el norte que, a diferencia de su polifónico pariente, sólo toca el chistu. | **14 chivones** inmaduros de jilguero, así llamados por la estridencia de sus voces que resuenan por los cardizales con los primeros hilos del otoño | **15 alcándara** en cetrería, travesaño o percha que se coloca en las mudas, o voladeros, para que se posen las aves de presa. | **16 apaput** léase todo seguido: *upupa, poupa, hopoe,* abubilla; si suenan tan parecido en tanto idioma es porque su nombre lo dictan ellas cada vez que cantan; *apaput* es la transcripción que se hace en valenciano de este canto. | **17 rémiges** también llamadas remeras, son las plumas de las alas con las que las aves voladoras invocan la Tercera de Ley de Newton para, ejerciendo una fuerza alar sobre el aire que las envuelve, alzarse sobre él. | **18 calamón** ave similar a la focha en aspecto, hábitat y costumbres, pero de mayor tamaño y de colores violáceos a morados. | **19 serretas** aves acuáticas similares a los ánades, o patos, pero de porte más fino. | **20 alvéolos** huecos donde van alojados los gruesos cañones de las plumas rémiges y timoneras, o sea, de las alas y de la cola. | **21 pihuelas** cintas de cuero que van de los tarsos del ave a los dedos del cetrero, cuando salen juntos al campo. | **22 fiador** en cetrería, cordel largo que se ata a las pihuelas de las aves de presa durante su adiestramiento (en realidad, debería llamarse "desconfiador"). | **23 alcaraván** podría decirse del alcaraván que es una zancuda de secano; por los altos de Arganda los buscaban los halconeros a paso firme con sus neblíes colgados en lo alto del cielo; y los alcaravanes, color de tierra, con sus penetrantes ojos hechos a la predación de escolopendras y viborillas, miraban al cielo. | **24 buteo** nombre de guerra del ratonero común, porque aun siendo muy común es, el buteo, poco ratonero; bajo sus nidos se encuentran restos de conejo y de grandes lagartos ocelados; para esta rapaz se han sugerido nombres de ingeniería léxica, que a nadie le sale decir. | **25 álulas** "dedos" de las alas con que las aves articulan y matizan su navegación, como expertos piragüistas, mediante sutiles micromovientos. | **26 serín** se distingue, de entre las avecillas cantoras y granívoras de nuestros campos, una familia de delicadas especies muy emparentadas con los canarios, que en estas páginas se llaman serines, y que incluyen al vigoroso verdecillo y a su primo de las montañas, el verderón serrano. | **27 zorzaleño** al parecer, Luctuoso Oliván considera que el zorzal es un tipo de mirlo, razón por la cual se refiere a éste como mirlo zorzaleño; en cetrería también son zorzaleños aquellos halcones con el pecho moteado como el zorzal. | **28 cogujada** parece la cogujada mucho más grande de lo que es cruzándose por los caminos de tierra con su capirote erizado; en su carácter huidizo hay algo de provocación y de juego, como un mozo que se arranca sobre la arena delante de la vaquilla, la cogujada corre y se refugia luego en un burladero de maleza. | **29 chochín** entrañable y diminuto ornitocírculo; aluden a él muchos poetas británicos porque en inglés, chochín se dice *wren*, palabra lírica y silenciosa; Dylan Thomas lo menciona en el verso más largo de su geométrico *"Vision and Prayer"*. | **30 acentor** hay demasiada eufonía en el nombre de este pajarito discreto como para no imaginarse un trino lleno de dulzura; cuando el montañero llega a las retamas bajas de las cumbres, acentúa el acentor el cielo con un siseo ahogado; pero luego, al verlo apoyar su bordón sobre la piedra, le canta con alegría. | **31 zorzal charlo** un tipo de zorzal cuyo canto recuerda al de los mirlos de la noche y al del mal llamado petirrojo americano, que es en realidad otro zorzal. | **32 cerdalí** cruce de cerdo feral con jabalí; los cerdalíes son abundantes en el Monte del Pardo y fincas colindantes. **33 ortega** ave estepuaria del tamaño de una perdiz grande, aunque no está emparentada con ésta; para no exponer a sus crías a los predadores que acechan los aguaderos, estas aves nómadas de los semidesiertos ibéricos se empapan las plumas como una esponja para darles de beber a escondidas de las alimañas. | **34 emballestarse** el halcón asciende dando tornos con la sola idea de emballestarse, es decir, de cargarse de energía atalayante; como una ballesta que se carga tirando de ella con el pie calzado en el estribo, diríase que son las alturas cenitales las que dan al halcón, allí emballestado, el impulso y la distancia para desarrollar su velocidad de flecha. | **35 malvís** zorzal | **36 embarrarse** cuando el cetrero suelta a su halcón o azor del puño, las aves que hay en el cielo en un radio considerable se embarran, es decir, buscan refugio en el suelo, generalmente en un arbusto o entre la maleza. | **37 gorja** garganta | **38 zahareño** en cetrería, rapaz salvaje adulta de más de un año. | **39 escuerzo** sapo | **40 rodal** área donde crece un conjunto de ejemplares de la misma especie de hongo o planta, como el diente de león. | **41 busardo** *véase*, buteo (23). | **42 mesas de raña** planicies manchegas y extremeñas de terreno pedregoso y de escasa vegetación, como las del Parque Nacional de Cabañeros en Ciudad Real. **43 cerveras** montes pródigos en ciervos. | **44 collalba rubia** pájaro bicolor que recuerda al alcaudón por su negro antifaz y que es frecuente ver por las retamas de las zonas de matorral en que habita; la collalba pertenece a un grupo de aves, aún por clasificar, que miran a las personas con ternura. | **45 sisón** el pavor del sisón es legendario; cuando salta de su encame, suplica a gritos que no lo maten mientras se imagina a una falange de cazadores disparándole desde distintos flancos. Ya no se ven. | **46 berceo** planta gramínea de aspecto similar al esparto y común en eriales y campos baldíos de la España seca. | **47 chova** vecina del acentor (29), la chova es un grajo de las cumbres, por donde se columpia ociosamente con los vientos. | **48 meloncillo** mangosta europea | **49 sacre** especie de halcón de mayor tamaño que el peregrino y de hábitats áridos. | **50 ganga** ave estepria estrechamente emparentada con la ortega (32).

AGRADECIMIENTOS

Quiero expresar mi gratitud a las siguientes personas por su apoyo en el largo camino hasta el borrador final de *Yo, Helíaca*. En orden alfabético: Goran Andjelic; Juan Beltrán Núñez; Alejandra Balsa; Sara Cabezas-Díaz; Irene Blasco Grau; Marcelino Cardalliaguet; Amparo Casal; Jorge Domínguez; María Victoria Echeverri; Carlos Fernández Gamella; Beatriz García Fernández; Ramón Huerta Subiés; mis hermanos Pedro, Laura, y Javier Javaloyes; mis hijos, John, José y Nicolás Javaloyes; Simon King; mi mujer, Terry Johnson; Nora Mata Wellington; Concha Pascual Arribas; Sonja Cristina Porras; Jorge Rubio; Carmen Ruiz Rebolledo; Ana Stojanovic; Felipe Stevenson; Quico Tomás y Valiente; Elisa Ruano y Begoña Vitoriano.

Deseo expresar un agradecimiento muy especial a mi padre y maestro, José Javaloyes; a su hermana, mi tía Edelmira Javaloyes, por la evocadora ilustración de la portada; gracias a mi amigo Alberto Morales, Ajubel, por su conceptualización visual de la novela; a mi hermano Antón, por su acertado diseño gráfico; a mis amigos españoles de América Juan Cavestany y Jaime Meilán, por su lectura crítica del manuscrito inicial y sus valiosos comentarios.

Por su comprometida labor, extiendo mi agradecimiento a la Sociedad Española de Ornitología, SEO/BirdLife, y a las consejerías de Educación y Medio Ambiente de las comunidades de Madrid, Extremadura, Andalucía y las dos Castillas, sin que tal agradecimiento signifique que tales organizaciones o instituciones conozcan, aprueben o patrocinen esta obra.

Por último, a mi editor y amigo Julio Luengo, a quien dedico este libro, por su aliento y compañía en éste y en tantos proyectos; por su incansable e ilusionado trabajo de edición y corrección, y por haber contribuido de mil maneras a que un águila perdida en la imaginación haya encontrado su territorio entre estas páginas.

ÍNDICE

IÑIGO JAVALOYES

YO, HELÍACA

Nacido en Bilbao en 1966, de madre vasca y padre ilicitano, y criado en Madrid con una creciente prole de hermanos. Inicia la carrera de biología que abandona para estudiar periodismo. Tras licenciarse, trabaja brevemente en el diario *El Sol* y, posteriormente, en la sección cultural de *ABC*. En 1992 marcha a Nueva York donde ejerce de corresponsal de ese periódico y, posteriormente, de Canal Sur Radio. Más adelante se dedica a la producción de libros de texto en Estados Unidos. En 2005 publica su primer libro, *Tortuga Número Cien* (Everest). En 2008, cofunda y dirige junto a su amigo *Paulie* el blog satírico *El Garrofer*. Actualmente vive en Boston con su mujer y sus hijos.

www.ingramcontent.com/pod-product-compliance
Lightning Source LLC
Chambersburg PA
CBHW060328260626
47160CB00007B/2715